D1755873

Klaus Deistung

Die Himmelsschlacht und ihre Folgen

Wissenschaft beweist ungewollt historische Überlieferungen

Argo

Klaus Deistung

Die Himmelsschlacht und ihre Folgen

Wissenschaft beweist ungewollt historische Überlieferungen

Argo

Argo-Verlag
Ingrid Schlotterbeck
Sternstraße 3, D-87616 Marktoberdorf
Telefon: 0 83 49/92 04 40
Fax: 0 83 49/92 04 449
email: mail@magazin2000plus.de
Internet: www.magazin2000plus.de

Alle Rechte vorbehalten. Kein Teil des Werkes darf in irgendeiner
Form (Druck, Fotokopie, Mikrofilm, oder in einem anderen Verfahren)
ohne schriftliche Genehmigung des Verlages reproduziert
oder unter Verwendung elektronischer Systeme verarbeitet,
vervielfältigt oder verbreitet werden.

1. Auflage 2011
Satz, Layout, grafische Gestaltung: Argo-Verlag
Umschlaggestaltung: Argo-Verlag

ISBN: 978-3-937987-88-0
Copyright © Argo 2011

Gedruckt in Deutschland auf chlor- und säurefreiem Papier.

Danksagung

Meine Familie sagte schon lange:
Dann schreib doch mal ein Buch!
Der ARGO-Verlag, Frau Schlotterbeck, hat nach einigen Beiträgen die Sie im Magazin 2000plus veröffentlichte, dem Vorhaben gleich zugestimmt – und ich danke ihr recht herzlich.
Ich danke auch meiner Familie, meiner Frau für das Verständnis und unseren Jungs, die mich insofern unterstützten, dass sie mir bei der Arbeit am Computer und bei Problemen halfen.

Klaus Deistung   Wismar, Frühjahr 2010

Inhaltsverzeichnis:

Einleitung 12

1. Aufbau und Zusammenhänge des Universum 14
Unser Universum 14
Das Alter unseres Universums 16
Unser Sonnensystem in der Milchstraße 17

2. Erste Umläufe 19
Veränderungen im frühen Sonnensystem 19
Die Vorbereitung der Himmelsschlacht 20
Keplersche Gesetze 21
Die Himmelsschlacht 22
Auswertung der Himmelsschlacht 25
a) Beteiligte Massen 25
b) Verteilte Massen 26
Wasser auf Tiamat und im All 28
Das veränderte Sonnensystem 29
Der neue Planet Erde 30
Folgewirkungen 31

3. Zur Entwicklung unseres Sonnensystems 33
Vor unserem Sonnensystem 33
Die Planetenzahl steigt 33
Sumerische Sicht auf unser Planetensystem 39
Veränderungen im frühen Sonnensystem,
Zusammenfassung 41

4. Nibiru – bekannte Daten und Medienpräsens 46
Der zwölfte Planet 46
Percival Lowell und Planet X 46
Die Präsens Nibirus in den Medien 47
Sichtbarkeit Nibirus 48

Masse des Nibiru..50
Was der Nibiru nicht ist..53
Der Planet X = Nibiru..53
Katastrophen mit Nibiru..54

5. Da kam ein Wanderer des Wegs 56
Wanderschaft 56
Panspermie..56
Und wie entstand das erste Leben? 58

6. Leben und Werk der Anunnaki 60
Der Nibiru und die Anunnaki...60
Die 60 als „Planstelle" und Hintergründe..........................63
Leben auf dem Nibiru...64
Forschungszentrum Abzu im Süden Afrikas 65
Ischtar-Tor 67
Die Raumflughäfen der Anunnaki.....................................68
Terrassen von Baalbek 68
Basis im Zweistromland 69
Sinai wird Raumfahrtbasis..70
Peru erhält eine Basis..73
Anunnaki – Lehrmeister der Hochkulturen......................74
Welche Hochkulturen sind hier gemeint?.........................76
Sumer 77
Ägypten 77
Indien 77

7. Die Götter – vom Nibiru 79
Die Menschen..79
Die Arbeit der Anunnaki..79
Monotheismus 81
Halbgötter..81

8. Zeittafel zum Nibiru und den Arbeiten der Anunnaki....84

9. Gold vor über 400.000 Jahren und sein Einsatz 87
   Gold irdisch betrachtet..87
   Wozu brauchten die Anunnaki Gold – und woher nehmen? 89
   Ein Zufall half weiter 89
   Die Anunnaki als Goldgräber..90
   Goldabbau – ein Vergleich 91

10. Das Volk der Sumerer..92
    Entdeckung und Schlussfolgerungen..92
    Shumer – Sumer 92
    Professor S. N. Kramer...94
    Was die Sumerer kannten..96
    Mathematik 98

11. Nibiru und die Sintflut..101
    Wendepunkt der Menschheitsgeschichte 101
    Die Arche...102
    Wann fand die Sintflut statt? 103
    Am Tag der Sintflut..104
    Die Dauer der Sintflut 107
    Wie ging es weiter?...107
    Sintflut – und die Entwicklung der neuen Menschheit.................108

12. Atomwaffeneinsatz 111
    Erste Information...111
    Reaktivierung der Atomwaffen und Einsatz 111
    Das Hochplateau auf Sinai 113
    Erra-Epos 114

13. Das Enuma Elisch und die Genesis der Bibel 115
Enuma Elisch 115
Das Enuma Elisch und die Genesis 117
Die Medien und das Enuma Elisch 118
Weitere Epen aus Sumer 119

14. Global Scaling 121
Einführung 121
Was ist Global Scaling 121
Eine Wellensumme 123
Global Scaling und unser Sonnensystem 125
Gürtel und Ringe im Sonnensystem 126
Vergleiche 128
Was kann Global Scaling 130
Resonanzen 131
Simulation 134

15. Nibiru und der fundamentalistische Kreationismus 136
Fundamentalistische Kreationismus – was ist das? 136
Was hat Nibiru damit zu tun? 137
1000 Jahre für den Menschen gleich 1 Tag für Gott 137
Fundamentalistische Kreationisten gegen die Evolution 139

16. Nibiru - bewusste Rausrechnung durch die Schulwissenschaft - ohne Beweis! 140
Bewusste Rausrechnung durch die Naturwissenschaft 140
Professor Steel und seine Rausrechnung 140
Parragon Verlag 142
National Geographic 142
Professor Lesch BRα 143
Die Wissenschaft kreierte einen Planeten X 144
Frage 144

17. Planet X und das Jahr 2012 ... 145
- Kleine Übersicht ... 145
- Eine getrennte Betrachtung ... 146
- a) Das Planet X Survival-Handbuch ... 146
- Polsprung – Nibiru als Auslöser? ... 149
- b) A. Lloyd´s Dunkelstern ... 150

18. Forschung bestätigt Sumer ... 154
- Allgemeine Sicht ... 154
- Entscheidender Punkt: Entstehung des Homo sapiens ... 154
- Afrika – Wiege der Menschheit ... 155
- Mondentstehung ... 156
- 10 Thesen wider die Mondentstehung durch Simulation ... 159
- Älter als gedacht ... 161
- Wissenschaft bestätigt indirekt „Himmelsschlacht" ... 162
- Ergebnisse aus der Himmelsschlacht ... 162
- Ufos und prähistorische Raumschiffe ... 163
- Der Universalgelehrte G. Bruno und Außerirdische?! ... 164
- Die Schulwissenschaft darf (noch) nicht wanken ... 166

19. Das alte und Neue Wissen ... 168
- Wissenschaft schädigt sich selbst ... 168
- Religion und Wissenschaft ... 169
- Wie die moderne Wissenschaft die Bibel erklärt - ... 170
- Das Ufo-„Problem" ... 172
- Der schwere Wechsel ... 173

20. Fakten, Fragen und Bedenken, die öffentlich „abweichen" ... 175
- Eine kleine Auswahl ... 175
- Bedenken ... 176
- Wissenschaft und Religion ... 177

21. Fazit ... 179

22. Ewiges Leben? 181
Ein vergessener Pionier 181
Langlebigkeit 181
Beispiel Indien 182
Forschung heute 182
Anunnaki-Götter 183
Die Bibel 184
Schlußfolgerungen 184
Die Göttin Puabi 185

23. Anhang, Erklärungen 186
Diskussion zu Prof. Kramer – aktuell 6/10 nachgereicht 189

Literatur Himmelsschlacht nach Themen geordnet 191

Einleitung

Himmelsschlacht ist ein über 4000 Jahre alter Begriff aus den sumerischen Keilschrifttafeln. Diese Himmelsschlacht wird im sumerisch-babylonischen Schöpfungsepos Enuma Elisch beschrieben.
Die Schulwissenschaft und die Medien stäuben sich noch dazu Aussagen zu treffen. Um es mit Hamlet (Shakespeare) zu sagen: „Es gibt mehr Dinge zwischen Himmel und Erden, als Eure Schulweisheit sich erträumt."
Die Entwicklung unseres Sonnensystems beginnt wissenschaftlich und medienoffiziell vor etwa 4,5 Milliarden Jahren. Die Zeit davor ist mehr als doppelt so lang und bleibt unberücksichtigt. In dieser Auslassung liegt eine Unwahrheit, die hier offen gelegt werden soll.
Vor 4 Milliarden Jahren gab es ein kosmisches Ereignis, dass als „Himmelsschlacht" von den Sumerern überliefert wurde. Wesentliches Ergebnis war hier die Entstehung der Erde. Es geht um die „Vollständigkeit" der Planeten und der Argumentation der etablierten Schulwissenschaften.
Im Endergebnis beweist die Schulwissenschaft die historischen Überlieferungen der Sumerer, obwohl sie das (noch) nicht so sieht, sehen will. Dafür werde ich einzelne Beweise anführen.
Die Umorientierung von der Erdscheibe auf die Erdkugel scheint nach meinen Recherchen vergleichbar mit der schulwissenschaftlichen Anerkennung der sumerischen Überlieferungen und Umsetzung in die Praxis.
Grund: Die Sumerer haben uns hinterlassen, dass sie alles Wissen von den Anunnaki/Nefilim vom Nibiru haben. Er ist ein 10. (9.) Planet unseres Sonnensystems, den sie als 12. bezeichneten. Er wurde vor 4 Milliarden Jahren retrograd als Wanderer, Einzelplanet von unserem Sonnensystem angezogen.
Zur Übersetzung der Keilschriften hieß es im ZDF: „Ausgerechnet der Autodidakt (aus wissenschaftlicher Sicht eine Blamage,

Dg) George Smith entziffert das Dokument aus Ton. Der einstige Banknotenstempelschneider beherrscht die Keilschrift wie kaum ein anderer."

Der Sprachwissenschaftler und Sumerologe Prof. Kramer schrieb das Grundsatzwerk: Die Geschichte beginnt mit Sumer. Der Assyrologe Prof. Powell bewertete die über 70.000 Keilschriften im Gespräch mit Herrn Ercivan: „Die Keilschrifttafeln enthalten eine unzählige Anzahl von Informationen über Astronomie, fremde Planetensysteme, Sternenbesucher und Angaben über die Entstehungsgeschichte des Menschen, die unser Weltbild auf den Kopf stellen würden..." Und wollen wir das? Nicht einmal ansatzweise? Prof. Powell weiter: „Mit der Bekanntgabe dieser Informationen würden wir nur Futter für die >Däniken-Jünger< geben...". Und nun soll er Schuld sein, wenn der wissenschaftlich-technische Fortschritt verhindert wird?
Er hat sich in der Welt umgesehen und „Die Spuren der Außerirdischen" gefunden, mögliche „Kosmische Spuren" und „Botschaften und Zeichen aus dem Universum" erkannt; er stellte fest „Die Götter waren Astronauten!" und hat abgeleitet: „Wir alle sind Kinder der Götter"! Diese Fakten werden durch einen anderen Autor konkretisiert.
Aus den Büchern Z. Sitchin geht hervor, „Der zwölfte Planet" war die Heimat der Außerirdischen, sie waren „Gesandte des Kosmos" und „Der kosmische CODE" führte mit zur Schaffung des Menschen nach dem 1. Buch Mose Kapitel 1, Vers 26. Es stellte sich heraus, dass „Die Hochtechnologie der Götter" nicht „Die Kriege der Menschen und Götter" ausschloß. Eine Chronik ist „Das verschollene Buch Enki" - eine gute Übersicht.
Und so wird auch klar, dass Religion und Wissenschaft für die Menschen **eine** Quelle hatten – und heute sind sie wie zwei Königskinder, die sich weiter „gespalten" haben.

1. Aufbau und Zusammenhänge des Universum

Unser Universum

Unser Universum? Es ist das, in dem wir leben – mit Sicherheit nicht allein, was ich hier in einem besonderen Fall untersuche.
Unser! Universum – immer häufiger wird auch von Parallel-Universen gesprochen – warum nicht?
Diese Übersicht soll das mit andeuten.
Vergleichen wir in einer vereinfachten Aufstellung:
- um Planeten kreisen Monde
- um Sonnen (Sterne) kreisen Planeten
- viele Sterne bilden einen **Sternhaufen**
- viele Sternhaufen, Einzelsterne... bilden eine **Galaxis**, s. Bild 1.1, unsere!

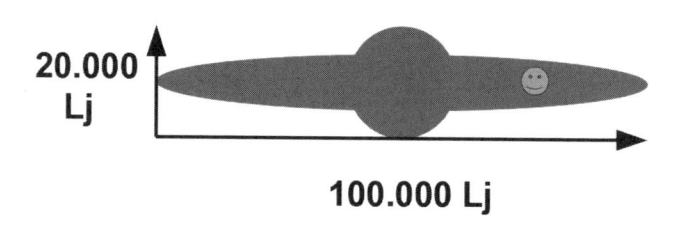

Bild 1.1: Unsere Galaxis mit Lage unseres Sonnensystems,
schematische Seitenansicht mit Größenangabe in Lichtjahren (Lj)

- etwa 400.000.000.000 Sterne (400×10^9, 400 Milliarden/Mrd) bilden unsere Milchstraße (Zahlen schwanken je nach Literatur etwas)
- bei einer Wahrscheinlichkeit von 1 : 1.000.000 für Sterne mit belebten Planeten gibt es in unserer Galaxis rund 400.000 Planeten mit Leben, andere geben mehr/weniger an
- unsere Galaxis können wir nicht direkt von „oben" sehen, so müssen viele Messungen zur Rekonstruktion verwendet

werden. Dadurch gibt es im Laufe der Jahre immer wieder unterschiedliche Bilder, wie man sich im I-net überzeugen kann. Neuerdings geht man von einem Zentrum mit 2 Haupt- und 2 Nebenarmen einer Spiral-Galaxis aus
- im Zentrum jeder Galaxis (auch relativ neue Erkenntnis) befindet sich ein schwarzes Loch (wenig Volumen, viel Masse, Licht kann nicht raus)
- zwei Planeten in unserem Sonnensystem sind bewohnt: die Erde und der Nibiru! Schulwissenschaftlich und medienoffiziell wird Nibiru noch rausgerechnet und seine Existenz geleugnet!
- über 20 Galaxien bilden eine **Lokale Gruppe**, Größe um 7 Mio Lj
- viele Lokale Gruppen bilden einen **Galaxienhaufen**
- viele Galaxienhaufen bilden **Superhaufen**, Größe 160x20 Mio Lj
- aus Superhaufen definiert man eine **Gruppierung**
- und aus Gruppierungen entsteht schließlich das **Universum** mit einem Alter von neu 13,7 Mrd Jahren und 10^{11} Galaxien, Bild 1.2.

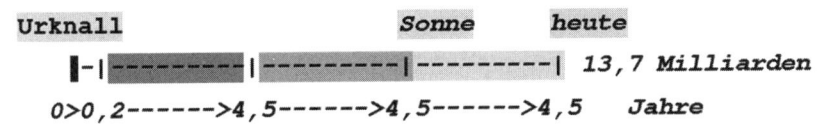

```
Urknall                Sonne      heute
|-|━━━━━━|--------|--------| 13,7 Milliarden
0>0,2------>4,5------>4,5------>4,5   Jahre
```

Bild 1.2: Zeitliche Entwicklung unseres Alls im linearen Maßstab

Denken wir weiter – dann könnten sich hier andere Universen angliedern!
Heute zu schreiben, dass wir allein im All sind bedeutet doch, dass in dem riesen Universum sonst nichts los ist - und das in über 10 Mrd Galaxien! Wir sind die Einzigen - und alles dreht sich nur um uns! Hatten wir das nicht schon einmal? Ich habe mal eine Vergleichsrechnung mit einer Karte unserer Milchstraße gemacht (1,5 m breit, etwa ausgestreckter Armabstand): Die Erdbewohner (um 6,5 Mrd) würden nicht reichen, um unser Universum darzustellen.

Das Alter unseres Universums

Im Mittel fand man immer eine Zahl von 15.000.000.000 (15 Mrd = 15×10^9) Jahren. Weil man immer wieder mal andere Faktoren bewertete, kam es auch immer wieder mal zu unterschiedlichen Altersangaben – oder es wollte sich ein Wissenschaftler profilieren, von sich Reden machen, was auch nicht ausgeschlossen werden kann – und manchmal dabei noch seltsamere Blühten treibt. Also schwankte in der Literatur das Alter des Universums von 15 Mrd auf 20 Mrd, ja sogar auf 8 Mrd Jahre. Interessant ist, das in einem Fernsehbeitrag 2008 wieder mal 20 Mrd Jahre auftauchten – auf eine Anfrage erhielt ich - keine Antwort.

Wenn die Wissenschaft davon ausgeht, dass sich das Leben ohne Zutun von außen auf der Erde entwickelt hat, haben soll, dann hätte das auch schon vor mehr als 9 Mrd Jahren (fast) genauso an anderer Stelle passieren können! Dass das im Allgemeinen nicht gelehrt wurde/wird, ist mehr eine Schutzbehauptung – weil u. a. behauptet wird, dass wir allein in dem großen All sind. Da lässt sich doch die Frage stellen: Warum sollen wir allein im All sein? Wenn wir aber nach Bild 1.2 an das Problem herangehen, ist das gar nicht möglich!

Ehe sich das erste Sonnensystem überhaupt entwickeln konnte, mussten die Grundlagen geschaffen werden. Das geschah nach dem „Urknall" (er erlebt jetzt eine Renaissance), berechnet aus der Expansion des bekannten Weltalls nun vor 13,7 Mrd Jahren (ob und wie lange sich diese Zahl behaupten kann – bleibt abzuwarten, kleinere Änderungen sind jedenfalls wahrscheinlicher als große). Danach bildeten sich die ersten Sterne und es kam schon nach wenigen 100 Millionen Jahren zu ersten Sternenexplosionen (Supernovae) als eine Voraussetzung zur Bildung schwerer Elemente. Damit wäre also schon die Voraussetzung geschaffen, dass sich auch Planeten bilden können, was vor wenigen Jahren bestätigt wurde. Eine weitere Bestätigung ergab sich http://www.astronomie-heute.de/artikel/980529&_z=798889: Sternentstehung mit höchster Effizienz: „Als sich im jungen Kosmos die ersten Galaxien formten, entstanden die Sterne darin so schnell, wie es nach den Gesetzen der Physik gerade noch zulässig ist."

Das vollzog sich weiter so über viele Mrd Jahre. Schauen wir uns die Zeiteinteilung Bild 1.2 an, so können wir feststellen, dass das Alter unseres Sonnensystems gut dreimal in den Zeitrahmen passt und schon mehr als zweimal vergangen ist, ehe überhaupt an unser Sonnensystem gedacht wurde. So wird dieses Bild 1.2 mit zum Wichtigsten für unsere ganzen Betrachtungen.

Unser Sonnensystem in der Milchstraße

Seit 2003 sollen es 13,7 Mrd Jahre sein (Toleranz ± wenige hunderttausend Jahre). Und was das Interessante weiter daran ist – bei der Analyse von Elementen unserer Galaxis Milchstraße fand man heraus, dass sie nur 100 Millionen Jahre jünger ist, sein soll, als das ganze Universum. Das würde natürlich vieles in der Zeitforschung vereinfachen. Wenn wir unsere Galaxis mit einem Durchmesser von 100.000 Lj gründlich erforschen, haben wir einen großen Bereich unseres Universums vom Zeitlimit her erfasst. Das heißt, dass alle Sterne, Sternenanordnungen von jungen Sternen und der Planetenbildung bis zu alten Sternen mit über 10 Mrd Jahren in unserer Galaxis zu Hause sind, sein sollen und beobachtet werden können. Damit hat man vergleichsweise sehr lichtstarke Uraltsterne gegenüber den in 10 Mrd Lj Entfernung.

Bild 1.3 zeigt jetzt den Ausschnitt, der immer nur für die Entwicklung des Lebens auf der Erde angegeben wird.

```
Sonne                                              Dinosaurier
 ☺      Himmelsschlacht                            Krokodile
 |      Erde                                       | Mensch
 |----|----|----|----|----|----|----|----|----|----|
 4,5    4   3,5   3   2,5   2   1,5   1   0,5   heute
              <--- vor Milliarden Jahren
```

Bild 1.3: Lineardarstellung der Zeit in unserem Sonnensystem

So gesehen wirkt die heute als Abschnitt des menschlichen Lebens angegebene Zeit doch recht kurz. Ein waagerechter Strich steht für 100.000.000 (100 Millionen) Jahre! Der senkrechte Strich Mensch (Homo sapiens) ist noch viel zu breit für die erdgeschichtlich kurze Zeit von rund 200.000 Jahren seiner Existenz auf dieser Erde. Auf einer 24 Stunden Uhr wären das nur 3 Sekunden. Selbst die Dinosaurier nehmen nur einen kleinen Bereich ein.

Bild 1.4: Keilschrifttafel mit Autor, Pergamon Museum Berlin

2. Erste Umläufe

Veränderungen im frühen Sonnensystem

Gut, da gab es natürlich immer Veränderungen. Die Planeten waren auch nicht alle gleichzeitig „fertig" – aber was waren schon wenige 100 Millionen Jahre Unterschied? Hinzu kommt, dass sich die Planetenbahnen noch einpegeln mussten. Von der Venus liest man da schon mal ein paar Schwankungen – aber was war damals schon stabil? Ein anderes Ereignis war da eher bemerkenswert und wichtig für das Sonnensystem.
Die Wissenschaft weiß heute, dass sowohl Planeten als auch Sonnen Freiläufer im All sind, Wanderer zwischen den Welten, Einzelgänger sein können. Und so ein junger Einzelgänger kam unserem noch jungen Sonnensystem vor 4 Mrd Jahren zu nahe und wurde angezogen/eingefangen. Seine Bahn lief nun gegenläufig/retrograd zu den der vorhandenen Planeten. Die Anziehungskraft, Gravitation, Netzkraft (Sumer) des Sonnensystems führte zur Abspaltung von 4 Monden (3 hatte er schon) beim Wanderer, etwa Marsgröße, wie die Wissenschaft herausfand, ohne es so zu wollen. Die Gravitation und die Veränderungen im Sonnensystem bewirkten eine Bahnänderung – und so war eine weite Ellipse um die Sonne das Ergebnis des Wanderers.
Er hatte nun Zeit, in den Weiten des Alls auf seiner Ellipsenbahn weiter abzukühlen und irgendwann ist dort eine höhere Intelligenz vermutlich eher gelandet als entstanden. Dieser Planet wurde später als Planet der Kreuzung (unseres Sonnensystems) bezeichnet, der er ja im wahrsten Sinn des Wortes war, sumerisch: Nibiru.
So wie hier Nibiru die Monde abgetrennt hat, haben sich einige Wissenschaftler die Abspaltung des Erdmondes von der Erde gedacht (heute 1/81 der Erde). Die Fakten, Daten ließen sich nicht zu dieser Theorie anpassen. Man sucht noch heute und hat keine glaubwürdige Theorie gefunden, die allen Fakten Rech-

nung trägt. Favorit ist eine Simulation, die mehr Fragen aufwirft als klärt, s. Kap. 18.

Vor 4,5 Mrd Jahren war unser späteres Sonnensystem noch eine ganz heiße Masse. Dieser Prozess, wie sich unser Sonnensystem entwickelt hat, hat sich in den Mrd Jahren zuvor zeitlich schon über Mrd Jahre vielfach vollzogen. Es wird sich mit Sicherheit in Zukunft auch, wenn nicht so, dann bestimmt ähnlich vollziehen! Im Februar 2010 erreichte mich eine Information - nach einer Anfrage - in der man das Alter des Sonnensystems neu berechnet hatte. 2009 stellte sich heraus, dass einige der für die Altersbestimmung benutzten Proben durch bis dato unbekannte Bestrahlungseffekte verändert gewesen waren. Neu: Die Entstehung des Sonnensystems begann vor **4.568** Millionen Jahren.

Danach entstanden die Planeten Merkur, Venus, Erde und Mars gleichzeitig. Der Mond entstand in einem Giant Impact und war nach 100 Millionen Jahren fertig. In den sumerischen Überlieferungen sieht das anders aus. Hier gab es in den ersten 500 Millionen Jahren Bildungsphasen, Tafel 2.1.

Tafel 2.1: Sonnensystem-Bildungsphasen

Phase	Himmelskörper	Hinweise
1	Sonne Merkur Tiamat	Tiamat „sammelte" Wasser
2	Venus Mars	
3	Jupiter Saturn	große Gasplaneten
4	Uranus Neptun	„Zwillinge" Gasplaneten
5	Nibiru	Himmelsschlacht

Die Vorbereitung der Himmelsschlacht

Dieser Einzelgänger - Nibiru – auch nach Gott Marduk benannt, drang tief in das Sonnensystem ein und seine Gegenläufigkeit löste im Wesentlichen beim ersten Umlauf Veränderungen aus. Mit seiner Masse und auch den Monden schuf er „Merkwürdigkeiten" der äußeren Planeten und Monde.

Bis jetzt hat sich „Die Schulwissenschaft" offiziell noch nicht mit diesen Hinweisen auseinander gesetzt - sie suchen noch. Selbst Daten und Fakten von „außerirdischen" Quellen harmonieren nicht immer.

Da aber die Daten des Nibiru recht eng datiert sind, dürfte es keine größeren Probleme beim Nachrechnen dieser Hinweise geben. In Bild 2.1 sind die elliptischen Bahnen von Nibiru und dem Halleyschen Kometen im Vergleich zur Kreisbahn des Neptun dargestellt. Die Bahn des Halleyschen Kometen (alle 76 Jahre) wirkt hier recht klein.

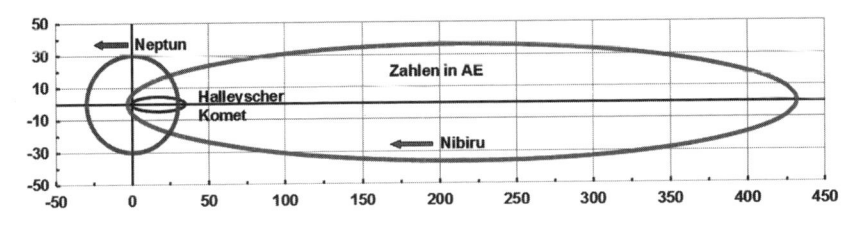

Bild 2.1: Die elliptischen Bahnen von Nibiru und dem Halleyschen Kometen im Vergleich zur Kreisbahn des Neptun, Sonne 0:0

Wissenschaftliche Daten/Fragen zur Erde, dem Mond und zum Sonnensystem werden verständlicher, wenn man von der Existenz des Nibiru und „seinen Aktivitäten" vor 4 Mrd Jahren ausgeht. Die Kollision des Planeten Tiamat mit 3 Monden des Nibiru haben uns die Sumerer als Himmelsschlacht im Enuma Elisch (sumerisch-babylonisches Schöpfungsepos) überliefert.

Keplersche Gesetze

Johannes Kepler (1571 – 1630) hat durch sorgfältige Beobachtung, Auswertung der Ergebnisse von Thycho Brahe und richtige Schlussfolgerungen die folgenden Gesetze formuliert, die die damalige Astronomie revolutionierte, in dem sie die Sonne in den Mittelpunkt stellte und nicht die Erde:

1. Die Planeten bewegen sich auf Ellipsen, deren gemeinsamer Brennpunkt die Sonne ist, s. a. Bild 2.1.
   Das 1. Gesetz legt die Form der Bahnkurve fest.
2. Der Radiusvektor von der Sonne zu einem Planeten überstreicht in gleichen Zeiten gleiche Flächen.
   Das 2. Gesetz entspricht dem Flächensatz und ist ein Spezialfall des Drehimpulserhaltungssatzes.
3. Die Quadrate (T^2) der Umlaufzeiten zweier Planeten verhalten sich wie die Kuben (a^3) der großen Halbachsen.
   Das 3. Gesetz legt die Bahnparameter fest und gibt eine Konstante für das Sonnensystem an.

Alle Planeten – auch der Nibiru – bewegen sich nach den Keplerschen Gesetzen. Mit gesicherten Daten, die in die Planetengleichung einzusetzen sind, berechnet der Rechner die Bahnen, z. B. Bild 2.1. Eigentlich ist die Kreisbahn nur ein Spezialfall der gleichen Gleichung. Außerdem ist die Neptunbahn nur mathematisch nicht exakt rund, was praktisch kaum eine Rolle spielt. J. Keppler und G. Galilei wurden erst 1992 durch den Papst gewürdigt und rehabilitiert.

Die Himmelsschlacht

Als Himmelsschlacht haben uns die Sumerer den Vorgang der Schaffung der Erde überliefert. Beteiligte waren Nibiru, drei seiner Monde, der Planet Tiamat und seine Monde. Aber wer war Tiamat?
Tiamat war ein etwa doppelt so schwerer Planet wie die Erde. Von der äußeren Erscheinung hatte er etwa ¼ mehr Durchmesser als später die Erde. Er zog seine Runden an der Stelle, wo heute der Asteroiden-Gürtel (sumerisch: gehämmerter Armreif) kreist. Im Enuma Elisch wird die Himmelsschlacht in ihrer Vorbereitung und Ausführung recht dramatisch beschrieben. Alle Himmelskörper werden als Götter bezeichnet und ihnen werden

Taten zugeordnet. Vergleichbar haben die Namen „unserer" Planeten und Monde meist bekannte Götternamen – auch wenn wir sie nicht alle gleich so kennen. Sie lassen sich aber gut im I-net recherchieren. Die Himmelsschlacht ist eine literarische Beschreibung eines himmlischen Vorgangs (eines Vorgangs am Himmel), den keiner beeinflusst oder gesehen hat, oder beeinflussen konnte – auch nicht die (sumerischen) Götter! Durch ihre Forschungen wollen sie das herausgefunden haben. Wenn man sich damit befasst, kann man es aber gut nachvollziehen. Damit ließen sich viele Rätsel unseres Sonnensystems klären.

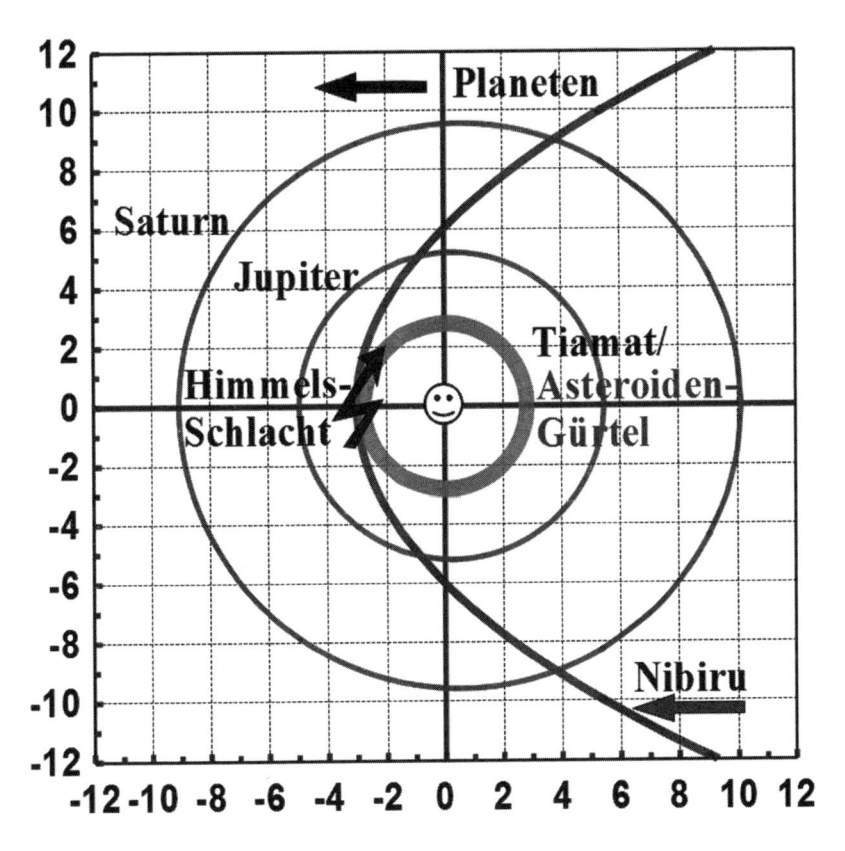

Bild 2.2: Planetenbahnen zur Darstellung der Himmelsschlacht, Zahlen in AE

Was ist zusammengefasst in der Himmelsschlacht passiert?
Nibiru vom Durchmesser etwa Neptungröße näherte sich in seinem sonnennahen Wendepunkt (Perihel) mit seinen sieben Monden (als Winde bezeichnet) der Bahn des Tiamat mit seinen 11 Monden. Einer seiner Monde (Kingu) hatte sich besonders groß entwickelt. Im Epos wird er zum Gott erhoben und ihm wird eine Führungsrolle übertragen – seiner späteren Aufgabe gedenk. Bild 2.2 zeigt einen Ausschnitt aus den Planetenbahnen zur Darstellung der Himmelsschlacht.

In der ersten Runde von Nibiru kollidierte einer seiner Monde gegenläufig so mit Tiamat, dass er ihn spaltete und in ihn eindrang. Die 10 kleinen Monde Tiamats wurde durch die Anziehungskraft Nibirus mitgerissen. Sie sollen gegenläufige Kometen und ev. ein Mond eines äußeren Planeten geworden sein.

In Nibirus zweiter Runde agierten zwei seiner Monde. Einer zertrümmerte die obere Hälfte von Tiamat und sich selbst so, dass sie zu Asteroiden und Kometen zerfielen. Der zweite traf den unteren Teil Tiamats so, dass er ihn auf eine neue Bahn schob und der größte Mond (Kingu) mitkam. Heute sind sie Erde und Mond.

Damit wird auch klar, dass die Erde als halber Tiamat etwas Nibirumasse durch die beiden Kollisionsmonde erhalten hatte. Wir erinnern uns: Nibiru hatte ja erst Monde abgedrückt und einer spaltete Tiamat und der dritte hinterließ ebenfalls Masse auf dem Halbplaneten. Die Erde hat also deutlich zweimal anteilig Nibirumasse erhalten.

Die Aufprallenergie war durch den großen Impuls – Nibiru mit seinen Monden kam gegenläufig - und die Gravitationswirkung so groß, dass eine Menge Material in allen Größen in den Raum geschleudert wurde. Es war ein großes Bombardement von Gesteinsbrocken in unterschiedlichsten Formen und Größen, das vor rund vier Mrd Jahren für Planeten und Monde stattfand. Spuren der Geschosse finden sich überall - ob auf Mars (ev. erhielt er so seine beiden Monde), Merkur, Venus oder Mond. Viele trafen die äußeren Planeten. Sie könnten so (einen Teil) ihres Ringmaterials erhalten haben. Erst jetzt hat die Wissenschaft festgestellt, dass die Ringe viel Eis enthalten und viel älter sind, als bisher immer angenommen.

Die Zahl der Bruchstücke des Asteroidengürtels schätzt man heute mit Kleinteilen auf über 1 Million. Davon sind etwa 400.000 Objekte registriert. Der größte Brocken ist Ceres als Zwergplanet mit einem Äquatordurchmesser von 975 km. Damals waren die Asteroiden erheblich mehr. Sie „verteilten" sich durch verschiedene Prozesse weiter im All.

Wie groß waren eigentlich die Nibirumonde? Die Wissenschaft ging von Marsmasse aus. Dabei kollidierte ein unbekannter Planet Theia mit Marsmasse mit der Erde – eine Simulationsrechnung „Giant Impact". Hierbei sollte der Mond entstanden sein. Nun sieht es aber so aus, dass ein Mond Nibirus mit Tiamat kollidierte – und es entstand im 2. Schritt die Erde! Kingu als nun Mond der Erde erhielt nur eine oberflächliche Veränderung durch ein Asteroidenbombardement und damit die meisten seiner Krater, die lange Zeit als Vulkane angesehen wurden.

Auswertung der Himmelsschlacht
a) Beteiligte Massen

In einer einfachen Übersichtsrechnung soll der Massenumsatz der Himmelsschlacht abgeschätzt werden. Dazu ergibt sich eine vereinfachte Näherung, die in Tafel 2.2 zusammengefasst wird. Die Fakten:
- die Masse der 10 Monde des Tiamat wurden je mit etwa der Hälfte von Kingu angesetzt 30×10^{21} kg und entspricht 1 Mondanteil (MA)
- die 3 Monde des Nibiru haben je die Masse von Mars 600×10^{21} kg, das sind je Marsmasse 20 MA
- der zerschlagene Tiamatanteil (½ Planet) hätte dann 200 MA.

Tafel 2.2: Übersicht des Massenumsatzes der Himmelsschlacht

Himmelskörper	Hinweis	alle Massen in 10^{21} kg		
		Ausgang	zerschlagen	verblieben
Tiamat (T)	doppelte Erdmasse	12.000	6.000	6.000
Kingu, Mond T's	vereinfacht: 73,5 -> 60	60	-	60
10 Monde T's	a' ~ ½ Kingu 30x10^{21} kg	300	300	-
3 Monde Nibirus	a' ~ 600x10^{21} kg	1.800	1.800	-
gesamt		14.160	8.100	6.060

Damit wurden in der Himmelsschlacht an der Stelle wo Tiamat einst seine Runden zog $8,1 \times 10^{24}$ kg Masse verteilt, gut eine Erdmasse oder vereinfacht 270 Mondmassen. Eine Mondmasse (30×10^{21} kg) lassen wir davon als Masse für den Asteroidengürtel weiter „kreisen", auch wenn es praktisch etwas weniger ist. Die 70 MA an der zerschlagenen Masse (270 MA) betragen ~26%. Kingu, im Enuma Elisch mit einer wichtigen Funktion betraut und Handelnder, hat sich eigentlich als Einziger nicht verändert. Er wurde mit dem halben Tiamat als unsere Erde ihr Mond. Seine meisten Krater stammen aus der Himmelsschlacht, wissenschaftlich gesichert vor 3,9 Mrd Jahre.

b) Verteilte Massen

Hier soll der Frage nachgegangen werden, wo sind die 270 Mondmassen a' 30×10^{21} kg verblieben? Tafel 2.3.

Tafel 2.3: Möglicher Verbleib der zerstörten Himmelskörper

Fakt und Möglichkeit für 270 Mondmassen	Mondmasse 30x10^{21} kg
Asteroidengürtel (heute ~5% von 73,5x10^{21} kg)	< 1
prograde Kometen, da Nibiru prograd	x
Asteroideneinschläge auf Planeten & Monden	x
Jupiter- und Saturn-Monde	> 1
Ringe des Saturn	> 1/1000
Ringe der anderen äußeren Planeten	x
Marsmonde	x beide 10x10^{15}
Asteroiden-Trojaner um Planeten	x
Kuiper-Gürtel	x
Oortsche Wolke	x
Weltraum	x...

Da Tiamat wasserreich war, haben wir einen Teil davon. Für die Kometen lässt sich sagen, dass sie dabei auch einen Teil mitbekommen haben, und so „schmutzigen Schneebälle" entstanden sind. Da sie durch den Zusammenstoß entstanden sind bzw. „mitgezogen" wurden, laufen sie wie Nibiru retrograd, dabei sind verschieden Umlenkungen bei weiteren Zusammenstößen wieder möglich.

Wir sehen also, dass von der einst großen Masse nicht mehr viel in „unserm" Bereich verblieben ist. Asteroiden büchsten auch immer mal aus u. a. zu Jupiter, Kometen verdampften, viel Asteroiden schlugen gleich in der Anfangszeit vor 3,9 Mrd Jahren auf vorhandenen Planeten und Monden ein. Bei unserem Mond wurde das – er war ja sehr dicht am Geschehen – besonders deutlich nachgewiesen.

Ob aus der Himmelsschlacht auch retrograde Monde hervorgingen oder durch Nibiru „angeschoben" wurde, muss wohl einer späteren Klärung zugeführt werden. Das ließe sich u. a. nur mit der Akzeptierung der sumerischen Aufzeichnungen und deren Überprüfung herausfinden.

Ein halber Tiamat sind rund eine Erdmasse 6×10^{24} kg. Viele der Kometen sind im Kuipergürtel „hinter" Neptun oder in der Oortschen Wolke „verschwunden" oder ganz einfach als Kometen „ausgebrannt". Heute gibt es auch Kleinplaneten die prograd, rechtsläufig sind. Die Ringe um die Planeten, ev. der eine oder andere Mond werden so als ehemaliger Tiamatteil glaubwürdiger – und der größte Teil verschwand ganz einfach im All.

„Die KBOs sind während der Planetenbildung vermutlich nahe der Region entstanden, in der sie heute beobachtet werden. Während sich im dichteren inneren Bereich sehr schnell sehr viele Planetesimale bildeten und sehr bald zu Planeten heranwuchsen, vollzog sich dieser Vorgang in den dünneren äußeren Bereichen sehr viel langsamer. Die Überbleibsel bilden die heute beobachtbaren KBOs." [Kuiper Belt Objects (KBO) oder transneptunische Objekte (TNO)] Vielleicht war es auch so, dass diese Überbleibsel (teilweise) aus dem Gebiet der Himmelsschlacht gekommen sind.

Die von Oort angenommene Wolke umschließt das Sonnensystem schalenförmig „und enthält Gesteins-, Staub- und Eiskörper unterschiedlicher Größe, die bei der Entstehung des Sonnensystems übrig geblieben sind beziehungsweise sich nicht zu Planeten zusammenschlossen. Diese sogenannten Planetesimale wurden von Jupiter und den anderen großen Planeten in die äußeren Bereiche des Sonnensystems geschleudert." Vergleichbare Sätze stehen auch für andere Bereiche. Soweit die bisher offizielle Version. Die Aktion Himmelsschlacht lässt sich aber hier nicht ganz ausschließen, bzw. besser sogar einreihen.

Wasser auf Tiamat und im All

Doch wie kommt das Wasser auf den Tiamat? Tiamat hatte davon eine große Menge angesammelt, dass verteilt wurde:
- es ist schließlich heute auch unseres
- es entstanden ein großer Teil der Kometen, die „schmutzigen Schneebälle"
- das Eis der Saturnringe... könnte wohl auch Tiamatwasser sein.

Kürzlich gab es eine Veröffentlichung, dass Bonner Astronomen in über 11 Mrd Lj Wasser als Bestandteil von Gas- und Staubwolken nachgewiesen haben, Pressemitteilungen vom 17.12.08, Welt.de vom 17. Dezember 08.

Das bedeutet auf der anderen Seite, dass Wasser nicht so selten sein kann. Im Bereich der Planetenbildung kommt es durch die Abkühlung in bestimmten Bereichen zur Kondensation des Wassers an passenden Schwerpunkten. Auch der Mars hatte einst eine Menge Wasser, wie wir aus den sumerischen Überlieferungen erfahren haben. Die Wissenschaft hat es für die Frühzeit bestätigt.

Das veränderte Sonnensystem

Das Sonnensystem war jetzt „komplett" und wie wir heute wissen – auch stabiler. In einem FAZ.NET-Artikel vom 04.03.2009 befasst sich G. Paul mit der Stabilität des frühen Sonnensystems: „Die Bahnen von Jupiter und den anderen Planeten sind erst seit etwa vier Mrd Jahren stabil." Was war Entscheidendes bis dahin passiert? Die Erde war entstanden und kreist auf einer bisher nicht besetzten Planetenbahn. Ihr Lauf wird durch einen vergleichsweise großen Mond stabilisiert. Nibiru mit seinen jetzt (4) Monden – ein Einzelplanet aus dem All hat mit Veränderungen in unserm Sonnensystem zur Stabilität geführt.

Nun wollen wir mal die Einsicht in die zukünftige Entwicklung differenzierter Betrachten. Dazu modifizieren wir Bild 1.3 und stellen die Zeit nicht im linearen Maßstab, sondern im dekadisch logarithmischen Maßstab dar, Bild 2.3. Hier hat jeder Strich nicht die gleiche sondern eine andere, wachsende Zeit, bzw. Größe.

```
Sonne              Vormensch Mensch
  ☺       Dinosaurier|Anunnaki Sintflut   Flugzeug
 |Erde    |Primaten  |   | Adam |SumerJesus| Rakete
 |          | |      |   | |    |    | |      | |    Jahr
 |--|----|----|----|----|----|----|----|2000
 532                                        75321heute
    10⁹   10⁸  10⁷  10⁶  10⁵  10⁴  10³  10²  10¹
                         <----- vor Jahren
```

Bild 2.3: Logarithmische Darstellung der Zeit in unserem Sonnensystem mit Ereignissen

So kann man Langzeitvorgänge – und damit haben wir es ja zu tun – übersichtlich darstellen und Einzelheiten besser überblicken. Am rechten Ende steht der Mensch und nun vergleichen wir noch einmal mit Bild 1.3. Adam, und damit der Homo sapiens hat hier rund die halbe Länge der Skale eingenommen.

Der neue Planet Erde

Die Erde begann ihre Existenz als halber Planet Tiamat. Der Mond des Tiamat – der größte im System – diente und dient noch heute u. a. zur Stabilisierung der Erdbahn. Man bezeichnete die Beiden auch schon als Doppelplanet Erde-Mond. Ab etwa 1000 km Durchmesser formt sich jede Masse im Weltraumflug zu einer Kugel – vielleicht ist der eine oder andere Kleinplanet im Asteroidengürtel sogar noch ein kleiner Mond Tiamats?
Die gebrochene Erdmasse rutschte sich etwas zu einer groben Kugelform zusammen und ein Teil des Wasser – vieles lag noch in der Dampfphase vor - glich Unebenheiten am Boden etwas aus. Da ja durch die offene Wunde Feuer und Wasser zusammen gekommen waren, war die frühe Erde mit viel Dampf umgeben – und es war nichts zu sehen. Das ist dann die Stelle in der Bibel AT Genesis 1 Mo 1: „1 Am Anfang schuf Gott Himmel und Erde. 2 Und die Erde war wüst und leer, und es war finster auf der Tiefe; und der Geist Gottes schwebte auf dem Wasser. 3 Und Gott sprach: Es werde Licht! Und es ward Licht." - nachdem sich der Dampf kondensiert hatte. (Dicke Regenwolken über der Erde lassen ja auch kaum Licht durch.) So ist der Anfang der Genesis nach dem Schöpfungsepos durchaus wissenschaftlich verständlich!
Hier wurde eindeutig festgestellt: Die Erde hat Tiamatwasser! Was sagt die Wissenschaft dazu? Sie ist sich nicht ganz sicher, aber die Kometen sollen es gebracht haben. Ich habe noch keine Rechnung gefunden, die nun sagt, wieviel Wasser hatte ein Komet im Schnitt – und wieviel Kometen mussten ihr Wasser auf der Erde lassen? Ich denke, das wird keiner vorrechnen wollen.

Folgewirkungen

Die Land- und Wassermassen formten gesetzmäßig schnell eine Kugel, die durch den Stoß vom Nibirumond und die entstandenen Schwingungen eine sehr dynamische Masse war. Jeder Körper der angestoßen wird, beginnt zu schwingen. Vom Ort der Himmelsschlacht musste der halbe Tiamat einen langen Weg zurücklegen – der Bahnabstand war zwar im Minimum nur 2 AE, aber es war ja ein langer Bogen. Mit dem Erreichen der etwa heutigen Erdbahn begann ein „neues Leben" für einen Teil des einstigen Planeten.

Nun nimmt ein Himmelskörper nicht einfach eine beliebige Bahn ein – nein, dafür gibt es Gesetzmäßigkeiten. Sie lassen sich mit der Theorie Global Scaling (GS) erklären. Wir haben drei Zonen:
- Zone **hoher Aktivität**
- den **Zwischenbereich**
- Zone der **Ruhe**.

Es folgt wieder der Zwischenbereich, auch **grüner Bereich**... Das zieht sich so vom kleinsten Teilchen bis ins Universum fort. Alles ist durch diese Dreiergruppierung und den natürlichen Logarithmus (ln) verbunden. Und deswegen ist unser Sonnensystem seit 4 Mrd Jahren ohne Änderungen stabil – ein eingeschwungenes System!

Noch heute hat unsere Erdkruste dünne Stellen, die ihre Ursache von damals haben. Prof. A. Wegener hatte auch erkannt, dass alle Landmassen der Erde einst eine Masse (Urkontinent Pangäa) waren. Erst vor 200.000.000 Jahren begann die Kontinentaldrift, die Prof. A. Wegener am Anfang des vergangenen Jahrhundert erkannt hatte. Der Urkontinent begann sich zu teilen. Es entstanden Bruchplatten und Kontinente, die auf dem Magma „schwimmen". Nur das Bestreben der Natur zum (Gewichts-/ Massen-) Ausgleich führte zu der heute gültigen Verteilung der Landmassen auf der Erde. Diese Bewegungen, die Kontinentaldrift ist seit 200.000.000 Jahren noch nicht abgeschlossen, kann nicht abgeschlossen werden.

Diese Fakten wollte zunächst keiner glauben – und so brauchte es 50 Jahre, bis der Urkontinent und die Kontinentaldrift Stand der Wissenschaft wurden. Die Schulwissenschaft ignoriert allerdings noch die sumerischen Überlieferungen – die logischerweise Pangäa stützen. Die Erkenntnisse des Sumerologen Prof. S. N. Kramer: „Die Geschichte begann mit Sumer" werden heute nach über 55 Jahren von der Wissenschaft noch weitestgehend ignoriert. Das sieht man auch daran, dass es außer dem Gilgamesch Epos keine weiteren offiziellen Veröffentlichungen gibt. Es wäre sinnvoll, die heutige Rechentechnik einmal zur Nachrechnung der „sumerischen" Überlieferungen einzusetzen, die sie von den Anunnaki haben.

3. Zur Entwicklung unseres Sonnensystems

Vor unserem Sonnensystem

Die ersten Supernovae nach dem „Urknall" schufen die Grundlagen für die Entstehung schwerer Elemente, die sich nun zu Planeten formen konnten. Eigentlich begann damit auch unsere Entwicklung, eigentlich aller Entwicklungen im bekannten Universum.

Im Bild 1.3 ist der uns nun interessierende Abschnitt von 4,5 Mrd Jahren im linearen Maßstab dargestellt. Er begann mit der Bildung der Sonne, der Massesammlung und Formung von Planeten und Monden innerhalb von etwa 0,5 Mrd Jahren nach der Lehrmeinung.

Die Planetenzahl steigt

Im Laufe der letzten Jahrhunderte wurde die Anzahl der Planeten unseres Sonnensystem nach Bild 3.1 immer „größer". Woran lag das?
Als sich die Planeten endlich (wieder) um die Sonne drehten – die Kepplerschen Gesetze machten es möglich - konnte man an die exakte Bestimmung ihrer Bahnen gehen.

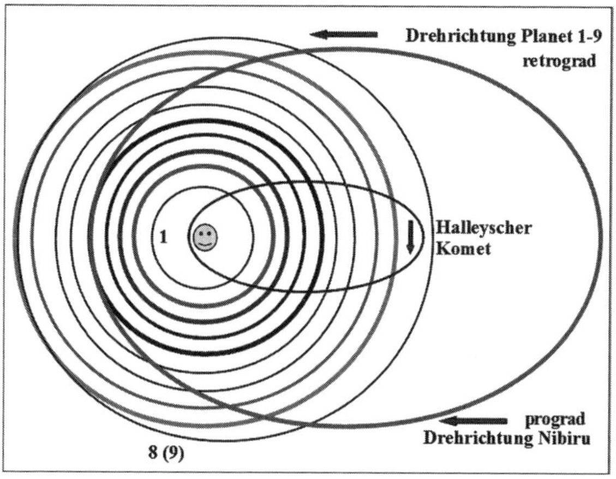

Bild 3.1:
Alle Planeten unseres Sonnensystems in einem Bild mit etwa dekadisch logarithmischem (lg) Maßstab

Die Planeten haben die Zahlen innen 1 und außen 9 und wichtige Daten sind in Tafel 3.1 angegeben, einschließlich das Jahr der Wiederentdeckung. Auch Kolumbus hat Amerika nur wiederentdeckt! In Büchern sind oft zwei Darstellungen, um innere und äußere Planeten im Zusammenhang zu zeigen. Hier also eine Darstellung, die uns nun suggeriert, dass alle Planeten etwa gleichen Abstand haben. Wir Wissen aber, dass der Abstand zwischen den Bahnen im logarithmischem Maßstab von innen nach außen absolut immer größer wird.

Die Nachbarplaneten der Erde - Venus innen und Mars außen – sind am Himmel gut zu sehen. Der innerste Planet Merkur kann nur kurz sichtbar werden, wenn die Sonne noch nicht und er vorher aufgegangen ist – oder, wenn die Sonne vor ihm untergeht. Mit einem Fernglas sieht man ihn dann mit Sicherheit. Die inneren Planeten ziehen zwischen Sonne und Asteroidengürtel ihre Bahn, während die äußeren Planeten außerhalb des Asteroidengürtels die Sonne umkreisen, vgl. Tafel 3.1.

Tafel 3.1: Datenauswahl zum Sonnensystem mit Planet X = Nibiru

Planet	Sonnenentfernung Mio km	AE	Umlaufzeit Jahre	Durchmesser in km	Masse in 10^{24} kg	Entdeckung im Jahr
1 Merkur	58	0,4	0,24	4.878	0.330	
2 Venus	108	0,7	0,62	12.102	4.868	
3 Erde	150	1,0	1,0	12.756	5.97	
4 Mars	228	1,5	1,9	6.794	0.642	
- Asteroiden		2,2-3,3				1801
5 Jupiter	780	5,2	12	142.984	898.6	
6 Saturn	1430	9,5	30	120.536	568.46	
7 Uranus	2870	19	84	51.118	86.83	1781
8 Neptun	4500	30	165	49.528	102.43	1846
9 Pluto	Ellipse	30-49	250	2.390	0.0125	1930
10 Nibiru	lange Ellipse	3...435	3600/3200	~50.000	um 250	201x

Die äußeren beiden großen Planeten Jupiter und Saturn sind weiter weg und nur auf Grund ihrer Größe noch mit bloßem Auge gut zu sehen. Die Bahnberechnungen ergaben, dass das alles noch nicht so richtig stimmt. Schlussfolgerung: da muss

noch einer sein! Man hat mittels Einsatz von Teleskopen und der Auswertung der Bilder einen weiteren Planeten gefunden. Man berechnete seine mögliche Position - und man fand URANUS. Nun ging das Spiel von vorne los - und man fand NEPTUN. Das war noch nicht das Ende der Fahnenstange - PLUTO folgte. Das Spiel wiederholte sich offiziell dreimal, s. Tafel 3.1 - und es gab immer noch Probleme! Die weiteren Berechnungen waren aber noch nicht befriedigend - und der kleine Pluto konnte für die noch vorhandenen Abweichungen nicht verantwortlich gemacht werden – da waren sich alle einig.
Nicht einig – aber Mehrheitsprinzip: Im September 2006 wurde Pluto von der IAU mit der Kleinplanetennummer 134340 versehen, so dass seine vollständige offizielle Bezeichnung nunmehr (134340) Pluto ist. Seitdem ist Pluto kein Planet mehr – obwohl er es Jahrtausende bei den Anunnaki war.

Die sumerischen Keilschrifttafeln - so man denn will - lüften das Geheimnis der Störung: sie nannten ihn Nibiru. In Tafel 3.1 sind seine mehr oder weniger bekannten Daten mit enthalten.
Auch wenn Entdeckung im Jahr... steht, ist durch viele Keilschrifttafeln (Sumer, Babylon, Akkadien...) nachgewiesen, dass alle in Tafel 3.1 aufgeführten Planeten vor tausenden von Jahren bekannt waren, es also eine Wiederentdeckung der Planeten Uranus, Neptun und Pluto ist! Im Blog „alte Astronomie" von Susanne M. Hoffmann ab 05. November 2009 hat sie mir den Wissenschaftler Dr. Ossendrijver empfohlen. Auf eine Anfrage zu sumerischen Planetennamen schrieb er mir: „Aber es gibt nichts das mit unseren Planeten Uran, Neptun, geschweige Pluto, identifiziert werden kann - nur das meinte ich." Als ich auf das Enuma Elisch hinwies und Tafel 3.1 mitschickte – erhielt ich keine Antwort mehr!
Offiziell gibt es Nibiru noch nicht wieder! Dafür tut man aber viel um ihn rauszurechnen.
Tafel 3.1 gibt die Planeten von der Sonne aus gesehen platziert an sowie einige Planeten-Daten zum Vergleichen. Die Angaben

wurden übersichtlich gerundet und können in Nachschlagewerken genauer nachgelesen werden. Eine erfassbare Übersicht war hier wichtig. Im Sonnensystem ist es eigentlich gar nicht nötig und sinnvoll, Entfernungsangaben in km anzugeben. Die großen Zahlen sollen wohl eher die Leute abschrecken sich näher mit dem Sonnensystem zu befassen. Eigentlich kommt man mit den astronomischen Einheiten (AE oder engl. au astronomic unit) sehr gut und übersichtlich zurecht. Tafel 3.2 stellt den Zusammenhang zwischen Sonnenentfernung der Planeten in AE, Lichtminuten und Lichtstunden her und ordnet die Planeten ein, wobei die große Nibiru-Ellipse dem Pfeil folgt.

Tafel 3.2: Planetenentfernung von der Sonne, die Weglänge in AE, Lichtminuten und Lichtstunden zum Vergleich, Auszug

Entfernung in AE	Zeit in Licht-min	Zeit in Licht-Std.	So-Entfernung Planet
1	8,33	0,14	Erde
3	25	0,4	Asteroiden-G
5	42	0,7	~Jupiter
7	58	1,0	
10	83	1,4	~Saturn
15	125	2,1	
20	167	2,8	~ Uranus
30	250	4,2	Neptun
50	417	6,9	~Pluto
70	583	9,7	
100	833	13,9	
150	1250	20,8	
200	1667	27,8	
300	2500	41,7	
400	3333	55,6	Nibiru
500	4167	69,4	
700	5833	97,2	
1000	8333	138,9	

Im Bild 3.2 wurden die Daten mittlere Sonnenentfernung und Zeit des Sonnenumlaufs der Planeten in einem lg System dargestellt. Hier zeigt sich wieder, dass eine lg Darstellung uns große

Zahlen nahe bringt und vor allen einen (optischen) Vergleich zulässt.

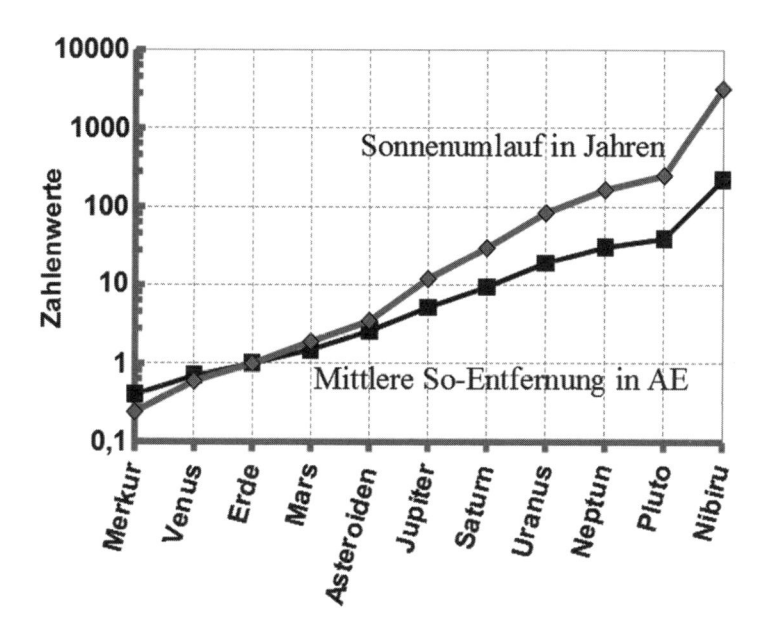

Bild 3.2: Planetendaten in unserem Sonnensystem zum Vergleich, Entfernung, lg Darstellung

Der Begriff „Planet X" ist bald 100 Jahre alt und stammt von Percival Lowell. Damit wollte er ausdrücken, dass es noch einen 10. Planeten gibt. Er hat selbst die Entdeckung des Pluto nicht mehr erlebt.
Die heutigen Berechnungen der Bahnen von Kometen und künstlichen Himmelskörpern zeigen ebenfalls eine Abweichung, die auf die Existenz eines weiteren Planeten (nicht Kleinplaneten) in unserem Sonnensystem schließen lässt. Einige Autoren gehen von einem braunen Zwerg aus. So eine nicht gezündete Sonne müsste größer oder/und schwerer als Jupiter sein – und stimmt nicht mit den Überlieferungen überein.

Für alle Himmelskörper gilt, dass die Bahnen mehr oder weniger elliptisch sind. Ihr Ellipsenfaktor Epsilon ε ist im Bild 3.3 gegenüber gestellt.

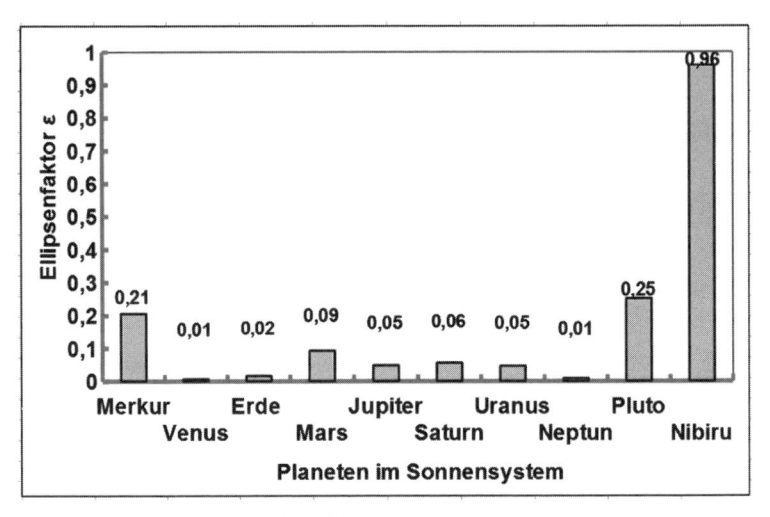

Bild 3.3: Ellipsenfaktor ε der Planeten im Sonnensystem

Ist der Ellipsenfaktor Epsilon ε nahe Null, ist die Planetenbahn mehr kreisförmig. Die Bahn ist mehr elliptisch, wenn ε gegen 1 geht. Und hier sehen wir, dass Nibiru mit ε (0,96 – 0,986) die längste Ellipse aller Planeten hat. Epsilon ε kann zwar 0 werden (idealer Kreis) aber nicht 1, dann wäre die Planetenbahn ein Strich – und das geht nun nicht.

Unser Planetensystem ist mit den Jahren immer „größer" geworden, viele Theorien mussten besonders in den letzten Jahrzehnten neuen Erkenntnissen dank neuer Technik - „Fernrohre" und Satelliten - weichen und wurden durch Wissen ersetzt, nicht ohne neue Fragen aufzuwerfen. Wenn man alle Kleinplaneten mitzählen würden, hätten wir schon über 25 Planeten im Sonnensystem. So ist es gut und übersichtlich, die Gruppe der Kleinplaneten (Planetoiden, Asteroiden) gegenüber den Planeten zu haben.

Sumerische Sicht auf unser Planetensystem

Die Anunnaki hatten den Sumerern unser Sonnensystem nahe gebracht. Dazu gehörten auch die Namen der Planeten und ihre Bedeutung, s. Tafel 3.3. Hier ist in der 1. Spalte die Himmelskörperreihenfolge mit der Zahlenreihe aus unserer Sicht angegeben – Sonne und Mond zählten früher mit. Die 2. Spalte enthält die sumerischen Namen und ihre Zählweise aus der Sicht der Anunnaki, die von außen in unser Sonnensystem kamen. Die 3. Spalte enthält die Bedeutung der sumerischen Namen.

Tafel 3.3: Die 12 Himmelskörper mit Jahrtausende alten sumerischen Namen und ihrer Bedeutung

Himmelskörper	sumerischer Name	Bedeutung
1 Sonne	APSU	„Der von Anfang an da war"
2 Merkur	9 MUMMU	„Einer, der geboren wurde", Apsus Diener und Bote
3 Venus	8 LAHAMU	„Herrin der Schlachten"
4 Erde	7 Ki	etwa ½ Tiamat
5 Mond	KINGU	einst Tiamats größter Mond
6 Mars	6 LAHMU	„Gott des Krieges"
- Asteroidengürtel einst TIAMAT		„gehämmerter Armreif", „Jungfrau, die Leben gab"
7 Jupiter	5 KISCHAR	„Erster des festen Landes"
8 Saturn	4 ANSCHAR	„Erster des Himmels"
9 Uranus	3 ANU	„Der des Himmels"
10 Neptun	2 NUDIMMUD (EA)	„Schöpferischer Künstler"
11 Pluto	1 GAGA	„Diener und Bote Anschars", „Der den Weg weist"
12 Planet X	NIBIRU	PLANET DER KREUZUNG

So ist die Erde der 7. Planet und damit war die „7" die heilige Zahl der Erde. Zu den 9 Planeten aus der Sicht der Anunnaki kamen noch hinzu: Nibiru, Kingu und Sonne. Damit bilden 12 Himmelskörper unser Sonnensystem. Hier kommt die schon erwähnte Sonderposition des Mondes wieder zum Tragen. Er ist der Einzige von allen Monden, der im Sonnensystem durch seine Größe eine „bevorzugte" Stellung hat. Die „12" aus dieser Sicht ist ein Grund, dass sie die Heilige Zahl unseres Sonnensystems ist, die „Familie".

Die Astronomen wundern sich immer noch, wie das alles so in unserem Sonnensystem gekommen ist, aber sie hatten auch noch nicht bei den alten Sumerern nachgeschlagen. Die Anunnaki hatten ausreichend Zeit, sich mit dem All und unserem Sonnensystem zu befassen und es die Sumerer zu lehren. Die Ordnung der Sternbilder wird ebenfalls im Enuma Elisch vorgenommen.

Wie so Vieles: diese Ordnung haben nicht die Babylonier erfunden, sie haben es von den Sumerern übernommen, die es von den Anunnaki gelernt haben.
Im folgenden Bild 3.4 habe ich die Durchmesser der Planeten dekadisch-logarithmisch angegeben und nach einem historischen Bild angeordnet. Hier geht es darum, dass die „Familie" unseres Sonnensystems in einem Bild erfasst ist.

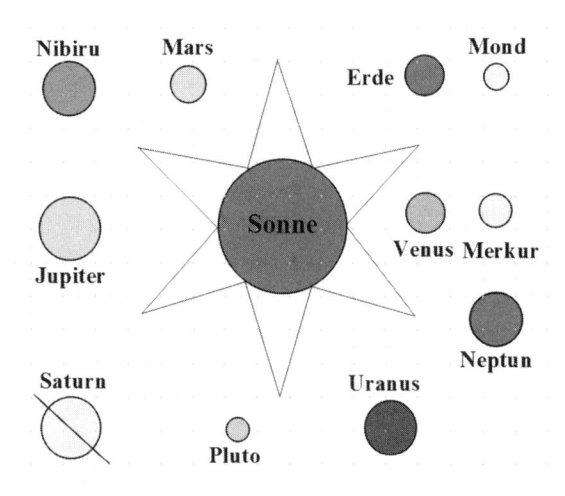

Bild 3.4: Darstellung der 12 Himmelskörper nach einem historischen Bild in lg Darstellung der Planetengrößen

Erläuterungen zum Bild 3.4: Der prograde Zeiger (entgegen dem Uhrzeiger) der Planetenreihenfolge beginnt bei Merkur. Venus, Erde mit Mond und Mars folgen. Nibiru ist hier in der Position des Asteroidengürtels, seinem Perihel an der Stelle der „Himmelsschlacht" dargestellt. Jupiter und Saturn folgen. Weil Pluto einst Mond des Saturn war, wurde er hier eingeordnet. Die „Zwillinge" Uranus und Neptun beenden den Planetenreigen.

Nun nehme ich meine berechnete Durchmesservariante (untere Kurve) und stelle sie in einer Grafik dar, Bild 3.5. Die zweite Kurve ist aus dem historischen Originalbild abgeleitet.

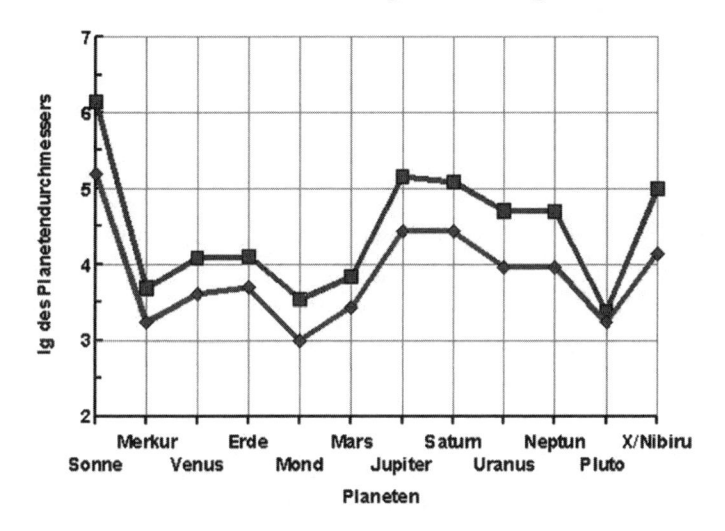

Bild 3.5: Vergleich historischer und berechneter Darstellung

Es ist verblüffend, wie genau der Künstler gearbeitet hat, nur bei Pluto ergibt sich eine Differenz. Er konnte also den Logarithmus erfassen – oder kannte einfach die Planetengröße.

Veränderungen im frühen Sonnensystem, Zusammenfassung

Der Nibiru war vor rund 4 Mrd Jahren ein junger Wanderer aus dem Weltraum, der von unserem entstehenden Sonnensystem eingefangen wurde und nicht mehr „rauskam". Das es solche Wanderer gibt, wurde erst nachgewiesen. Durch sein tiefes Eindringen in das Sonnensystem und seine Gegenläufigkeit zu den anderen Planeten löste er im Wesentlich beim ersten Umlauf Veränderungen aus, die „Merkwürdigkeiten" der äußeren Planeten und Monde:

- mit dem Eintritt des Wanderers in unser Sonnensystem kam es zu ersten Wechselwirkungen mit Planeten, die dazu führten, dass sich wenige veränderten und der Wanderer (später Nibiru) 4 Monde abtrennte, 3 Monde hatte er schon beim Eintritt ins Sonnensystem aufgrund der Gravitationskräfte abgetrennt
- im Bereich des Wendepunktes (Perihel) des Nibirus kam es zur „Himmelsschlacht" - so im Enuma Elisch
- in diesem Epos entstanden aus dem Tiamat hauptsächlich die Erde mit nur 1 Mond (einst Kingu), der Asteroidengürtel, die Kometen und Asteroiden. Deshalb wird im Enuma Elisch literarisch von der Schöpferin Tiamat geschrieben, die selber eigentlich dabei zerstört wurde
- die Erde ist etwa der halbe Planet Tiamat und unser Mond war einst der größte des Tiamat und hat viele Bruchstücke der Planetenteilung (Tafel 2.2) mitbekommen
- so entstanden Mondbecken, große und kleine Krater in der Tranquillitatis-Periode bis etwa vor 3,9 Mrd Jahren
- in der Anfangszeit der Forschung ging man von Vulkankrater aus
- die letzten Zweifel wurden erst mit dem Einschlag der Bruchstücke des Kometen Shoemaker-Levy 9 im Sommer 1994 in den Planeten Jupiter beseitigt
- heute ist an der Stelle des Tiamat der Asteroidengürtel
- die Masse des Asteroidengürtels wird von verschiedenen Autoren sehr unterschiedlich angegeben von 5% Mondmasse bis 20% der Erdmasse, was wohl eindeutig zu viel ist
- da der Mond 1/81 der Erdmasse hat sind 5% sicher zu wenig und 50% der Mondmasse für den Asteroidengürtel schon zu viel
- da Tiamat ein wasserreicher Planet war, sind so auch die Kometen wasserreich: „schmutzige Schneebälle", die alle gegenläufig im Sonnensystem liefen, bzw. noch laufen (Richtung des Nibiru) z. B. der Halleysche Komet s. a. Bild

2.1, bzw. einst gelaufen sind; davon hat sich ein gewisser Prozentsatz schon „verbraucht"
- Kingu und Tiamat haben gleiche Schöpfungsphase(!) vor um 4,5 Mrd Jahren und Bruchstücke vom Nibiru, eigentlich von seinen 3 Monden aus der Himmelsschlacht
- deshalb sind die Materialien zwischen Erde und Mond im Prinzip mal mehr oder weniger gleich
- die gegenseitigen Anziehungskräfte bewirkten eine Bahnänderung des Wanderers zwischen den Welten und auch, dass er immer wieder in einer langen Ellipse (größer 400 AE) alle 3600 Jahre (durch geringe Bahnänderung jetzt 3200 Jahre) vorbeikommen musste.

Bild 3.6 zeigt nun die inneren Planeten im linearen Maßstab.

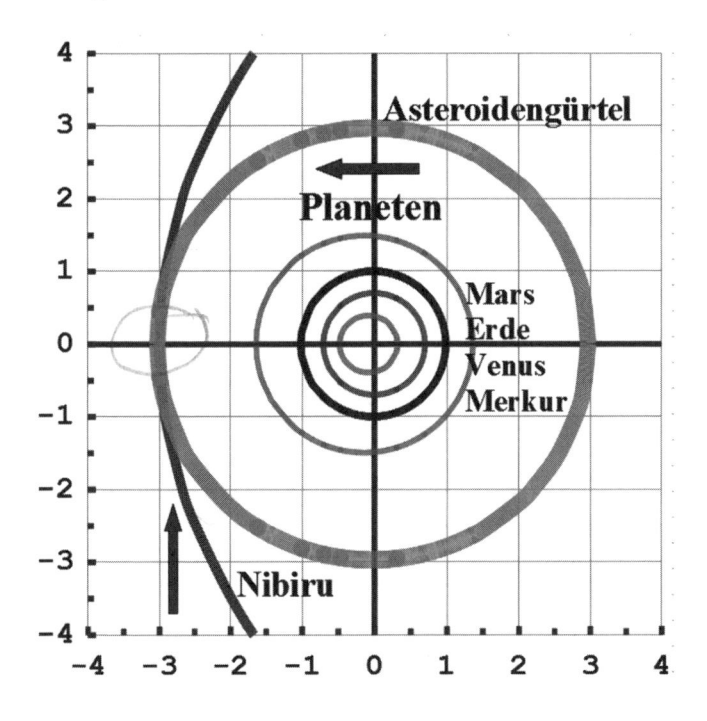

Bild 3.6: Innere Planeten unseres Sonnensystems im lin Maßstab

Es gab bei den Umläufen des NIBIRU weitere Veränderungen in unserem Sonnensystem:
- Mars wurde so zum 4. Planeten von der Sonne aus gesehen und hat sich zwei Bruchstücke(?) eingefangen, die heute seine Monde sind
- ein Teil des entstandenen Staubes wurde von den äußeren Planeten eingefangen und ist heute als Ringsystem bekannt
- Uranus wurde gegenüber seiner Bahnebene um 98 Grad geneigt und dreht sich rückläufig um sich selbst
- Neptuns größter Mond Triton ist rückläufig (gegen den Sinn des Mutterplaneten, was sonst kein Mond macht, es wurde ein weiter entdeckt)
- ein Mond des Saturns wurde Pluto mit einer elliptischen Bahn, die teilweise näher an der Sonne ist als Neptun

Bild 3.7 zeigt nun die äußern Planeten im linearen Maßstab.

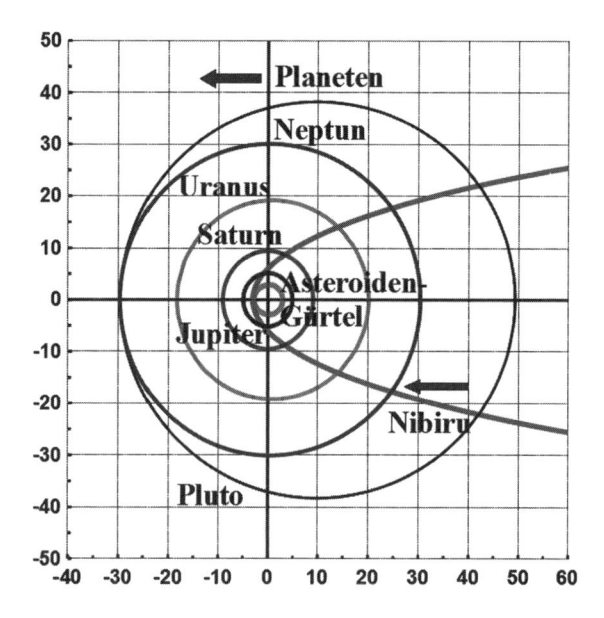

Bild 3.7: Äußere Planeten unseres Sonnensystems im lin Maßstab

– einige Wissenschaftler haben vermutet, dass Pluto ein früherer Mond eines Planeten war – und waren damit der Überlieferung der Sumerer nahe – er war ein Mond Saturns.

Bis jetzt hat sich „die Wissenschaft" offiziell noch nicht mit diesen Hinweisen auseinander gesetzt und ordnet sie als mystisch ein, weil auch viele Götter „im Spiel" sind.

Mit unseren großen Teleskopen müsste der Nibiru auch recht gut auszumachen sein, zumal er ja um 20 mal größer als der Pluto ist – etwa Durchmesser des Neptun - und sich jetzt etwa in der doppelten Entfernung Plutos befindet, gut 100 AE von uns entfernt. Im Infrarot-Bereich könnte er möglicherweise wegen seiner Größe und inneren Wärme besser zu finden sein. Das soll bereits 1983 mit IRAS (ein Infrarot-Satellit) erfolgt sein – wurde aber zurückgenommen – weil nicht sein kann was nicht sein darf? Offiziell war das Kühlmittel für weitere Untersuchungen alle.

Fragen nach diesen Fakten wurde zwar offiziell gestellt – aber nicht beantwortet – und schon gar nicht mit dem Wissen der Sumerer, denn wie konnten die etwas wissen, was wir heute offiziell noch nicht wissen. Schließlich sind wir doch offiziell allein in dem großen All – und sollen es wohl noch eine Weile bleiben! Die Sumerer betonten, dass sie ihr Wissen von den Anunnaki-Göttern haben – und Götter? - Sind heute etwas Unwissenschaftliches!

4. Nibiru – bekannte Daten und Medienpräsens

Der zwölfte Planet

Die meisten Daten finden wir im Buch von Z. Sitchin: „Der zwölfte Planet". Nun sprechen wir zwar bisher meist vom Planeten X, Nibiru, Transpluto oder dem 10. Planeten – warum hier „Der Zwölfte Planet"? Die Sumerer haben die Sonne und den Mond – er hatte ja schon früh eine besondere Stellung – in das Sonnensystem mit einbezogen. Bei Paracelsus (~1493-1541) im frühen Mittelalter standen Sonne und Mond auch in der Reihe der damals bekannten Planeten von Merkur bis Saturn.
Eigentlich bedeutet die Zwölf: Planetenfamilie mit 12 bedeutenden Himmelskörpern, so wurde die **12** zur heiligen Zahl im Sonnensystem.
Es gibt Autoren, die hier die 12 als Fehlinterpretation von Z. Sitchin ansehen – dabei haben sie selbst nicht richtig recherchiert!

Percival Lowell und Planet X

Nachdem man in verschiedenen Jahren 2 Planeten wiederentdeckt hatte, gab es immer noch Probleme. Da muss noch einer sein! P. Lowell (US-amerikanischer Astronom, 1855-1916) nannte ihn Planet X, dabei stand das X als römische 10 für 10. Planet aber auch für noch unbekannter Planet. Er legte erste mögliche Parameter vor, z. B.: 6-fache Erdmasse. Heute können wir das X auch als Planet der Kreuzung unseres Sonnensystems bewerten.
Man suchte und fand erst nach dem Tod von P. Lowell den Pluto, der mit weiterer Forschung immer „kleiner" wurde, weil man besser messen konnte. Man war sich einig: Pluto ist zu klein – da muss **noch** einer sein.

Die Präsens Nibirus in den Medien

Vor Jahrtausenden war Nibiru allgemein bekannt, denn die Anunnaki-Götter kamen von ihm und das haben sie auch weiter vermittelt. Die lange elliptische Bahn stand bei der ägyptischen Königskartusche Pate. Nibiru war der rote Punkt – sein Erscheinungsbild am Himmel - in den Grab-Inschriften im Tal der Könige, nicht die Sonnenscheibe. Wie auch immer - dieses Wissen hat sich verloren, wurde „vergessen", oder sollte auch vergessen werden. Da bestehen die Möglichkeiten: entweder die Priester verstanden es nicht – oder sie wollten den Menschen nicht alles Wissen übermitteln um sie besser zu beherrschen – eher wahrscheinlich. Vor Luther gab es ja auch keine Bibel zum Nachlesen – und schon gar nicht in den wichtigsten Landessprachen. So mussten die Leute das glauben, was ihnen die Priester erzählten.

In der Bibel soll Nibiru als Olam überliefert worden sein. Dazu habe ich noch kein Beispiel gefunden aber ein anderes. Im „umstrittenen" Buch Abraham wird eine weitere Funktion von Urim und Tummim offenbar: Abraham lernt über Sonne, Mond und Sterne durch den Urim und Tummim. Der Herr sagte ihm Einiges auch über einen langsameren Planeten, der in der Ordnung weit über der Erde steht. Er nannten ihn Kolob. Er ist größer und bewegt sich in einer langsameren Ordnung... Diese Angaben kommen dem Nibiru nahe.

Im letzten Jahrhundert des vergangenen Jahrtausend war Planet X, Transpluto, Nibiru in den Medien präsenter, als in unserem neuen Jahrtausend. Man fand ihn vorwiegend als Planet X oder Transpluto. Je nach Autor (Auftraggeber) schwankte die jeweils in der Literatur angegebene Größe zwischen Null (1983: es gibt keinen), höchstens Plutogröße (vgl. a. Sedna, Quaoar) bis vielfache Erdmasse. In einem Interview mit Herrn Hesemann unterstrich Herr Sitchin 1995 noch einmal die Realität des Nibiru.

Sichtbarkeit Nibirus

Befindet er sich im Bereich des Asteroidengürtels, hat er seine größte Annäherung an die Sonne – Perihel - und an die Erde erreicht, nicht aber unbedingt die Erde an den Nibiru! Die Differenz kann zwischen 2 und 4 AE liegen. Nehmen wir den günstigsten Fall Nibiru – Erde von 2 AE an, zur Sonne sind es 3 AE, s. Bild 4.1.

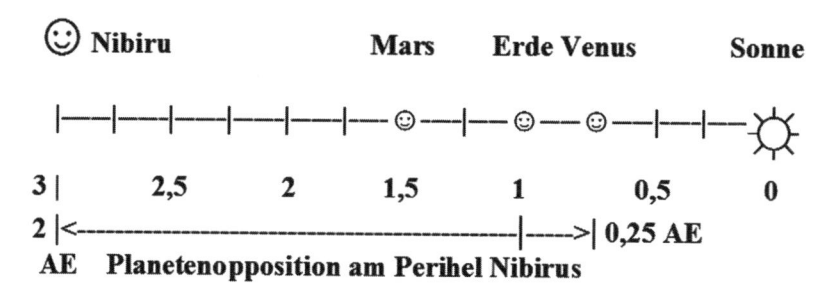

```
☺ Nibiru              Mars      Erde Venus        Sonne

|---|---|---|---|---|--☺--|--☺--☺--|---|---☼
3|      2,5      2    1,5    1    0,5         0
2|<---------------------------|--->| 0,25 AE
AE    Planetenopposition am Perihel Nibirus
```

Bild 4.1: Konjunktion von 4 Planeten im linearen Maßstab

Dazu einige vergleichende Fakten mit Näherungswerten
- Durchmesser Venus ~ Erde ~ 12.500 km = 1
- Durchmesser Nibiru ~ 50.000 km = 4 -> Venus:Nibiru = 1:4
- kürzeste Entfernung Venus zur Erde ~ 0,25 AE
- kürzeste Entfernung Erde -> Nibiru ~ 8 x 0,25 AE = 2 AE.

Nibiru ist zwar 4x größer als Venus, aber 8x so weit von der Erde wie Venus entfernt. Deshalb erscheint er uns etwa halb so groß wie die größte Venus!
Aus der Überlieferung ist er deutlich röter und größer als Mars. Da Merkur hier keine Rolle spielt, wurde er vereinfachend weggelassen.
Nibiru kommt nicht auf der Ekliptik – das ist hier angedeutet.

Im Bild 3.6 ist ein Blick auf die Bahnen der 4 inneren Planeten Merkur, Venus, Erde, Mars sowie Nibiru und dem Asteroidengürtel dargestellt.

Hier sehen wir auch deutlich eine gewisse Exentrizität, die uns unsere Nachbarplaneten selbst in Konjunktion eine unterschiedliche Helligkeit/Größe nachvollziehen lässt.

Die Tafel 4.1 gibt die Sichtbarkeit der Planeten im Verhältnis zum Mars an. Hier sind die exakten Zahlen verwendet worden. Die kürzeste Entfernung der Planeten zur Erde und der Durchmesser der Planeten wurden berücksichtigt und der Faktor über die Berechnung des Winkels im Bogenmaß ermittelt. Dabei hat der Mars die Größe 1.

Tafel 4.1: Helligkeitsvergleich von 4 Planeten

Objekte	kleinste Erd-Entfernung in AE	Durchmesser d in km	Winkel in bs	Faktor größer Mars
Mars	0,372	6750	0,435	1,00
Venus	0,256	12104	1,135	2,61
Jupiter	3,934	143000	0,872	2,00
Nibiru	2,000	50000	0,600	1,38
1 AE =	150000000	km		

Aus Tafel 4.1 wird auch klar, dass Nibiru etwa die Größe der halben Venus am Himmel hat oder etwa 1/3 größeren Durchmesser als Mars bei maximaler Annäherung.
Nibiru hat eine maximale Abweichung zur Ekliptik von 150 Grad, s. Bild 4.2.

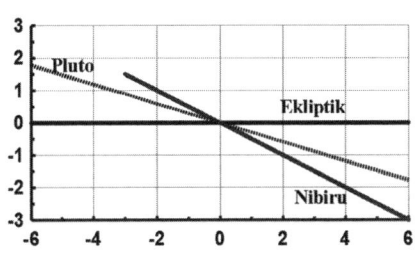

Bild 4.2: Die Neigung der Bahnen von Pluto (17°) und Nibiru (150°) gegenüber der Ekliptik, Zahlen in AE

Die Angabe von 150° (statt 30°) bringt die Gegenläufigkeit zum Ausdruck.

Masse des Nibiru

Eine direkte Masseangabe habe ich nicht gefunden. Mit der folgenden Methode lässt sich die Masse des Nibiru abschätzen. Dabei wird angenommen, dass Erde und Nibiru etwa gleiche Dichte ρ (rho) haben, wobei der eigentliche Wert keine Rolle spielt – es geht um die Größenordnung. Allgemein gilt für die Kugel die Masse $m = r^3 * \pi * \rho$. Da π und ρ Konstanten sind, ist die Masse m des größeren Planeten immer $M \sim r^3$ ($\sim$ proportional), hier für den größeren Radius in Tafel 4.2.

Tafel 4.2: Faktoren für Größe & Masse Nibiru's gegenüber der Erde

```
Radius Volumen Hinweis
   1r     1r³    s. a. Tafel 4.1
-----------------------------------
    2      8     zu klein
    3     27     | Bereich großer
    4     64     | Wahrscheinlichkeit
    5    125     zu groß
```

Da wir uns auf den etwa vierfachen Erddurchmesser für Nibiru aus den Schriften entschieden haben, käme eine gegenüber der Erde 64-fache Masse des Nibiru max. in Frage. Die Erde hat knapp $6*10^{24}$ kg, damit käme Nibiru auf max. $\sim 300*10^{24}$ kg. Ob das jetzt real $(200$ oder $350)*10^{24}$ kg wären, ist im Rahmen der Größenordnung unbedeutend.

Die Seitenansicht der Nibirubahn ist in Bild 4.2 mit einem Abschnitt mit dargestellt, bzw. ganz im Bild 2.1.
Viele bekannten Daten mit verschiedenen Toleranzen wurden in Tafel 4.3 zusammengetragen. Dabei ergänzen sich mehrere Quellen.

Tafel 4.3: Vorläufige bekannte Daten zum Nibiru

Parameter	vorläufige Werte mit Toleranzen
Masse	um 30 - 50 Erdmassen
Durchmesser (~4x Erde)	40.000 bis 50.000 km (Erde = 12.756 km)
Dichte (Erde 5,515 g/cm^3)	vergleichbar mit Erde um (5 ± 0,5) g/cm^3
sonnennächster Punkt, Perihel	Asteroidengürtel: um (2,9 ± 0,1) AE
sonnenfernster Punkt, Aphel	um (435 ± 15) AE
Exentrizität der Ellipse	Epsilon ε = 0,98
Umlaufzeit um die Sonne	3600 Jahre, letzte 4 Runden ~3200 (?)
Umlaufrichtung	prograd = im Uhrzeigersinn
gegenwärtiger Stand	größer 100 AE auf uns zukommend
Anflugrichtung	vom Süden her
Sichtbarkeit	röter als Mars und im IR-Bereich
Bahnneigung zur Ekliptik	um 150 Grad, Pluto 17 Grad
Atmosphäre	ja, Grundlage Vulkangase
Wasser	ja
Leben	ja: Pflanzen, Tiere, Anunnaki
1 Nibiru-Tag	~ 1 Monat auf der Erde

Weitere Angaben zum Planeten Nibiru:
- andere Namen für den Nibiru: Planet Anus (Himmelsgott), 12. Planet (Sonne und Erdmond mit gerechnet), Marduk (Babylonier und Enuma Elisch babylonische Variante), Transpluto, Vulkan, Phaeton, Planet X, Persephone, Planet der Durchquerung (unseres Sonnensystems), Olam (Bibel), Aten (Ägypten)
- dokumentierter Durchgang um 3760 v. Chr. und angenommenes Weltschöpfungsjahr in der jüdischen Religion – keine Antworten auf Anfragen
- letzter Durchgang um 560 v. Chr. --> noch gut 600 Jahre bis zum nächsten Durchgang. Bild 4.3 gibt einen Zeitverlauf an.

Über Größe und Masse des Nibiru lassen sich verschiedene Autoren aus – aber unterschiedlich. In „Das Himmelsjahr 1990" war es ein Gasplanet von um 40.000 km Durchmesser, damit wenig Masse, im „Bildatlas des Weltalls, Bertelsmann 1993" vermutet man 2-3 fache Erdgröße.

Das sind wirklich Vermutungen, während die Daten in der Tafel meist auf textliche Angaben aus sumerischen Schriften basieren, endgültig aber noch Näherungswerte bleiben, bis in schriftlichen Aufzeichnungen der Völker konkretere Angaben gefunden werden – oder die Wissenschaft konkrete Werte ermittelt hat.

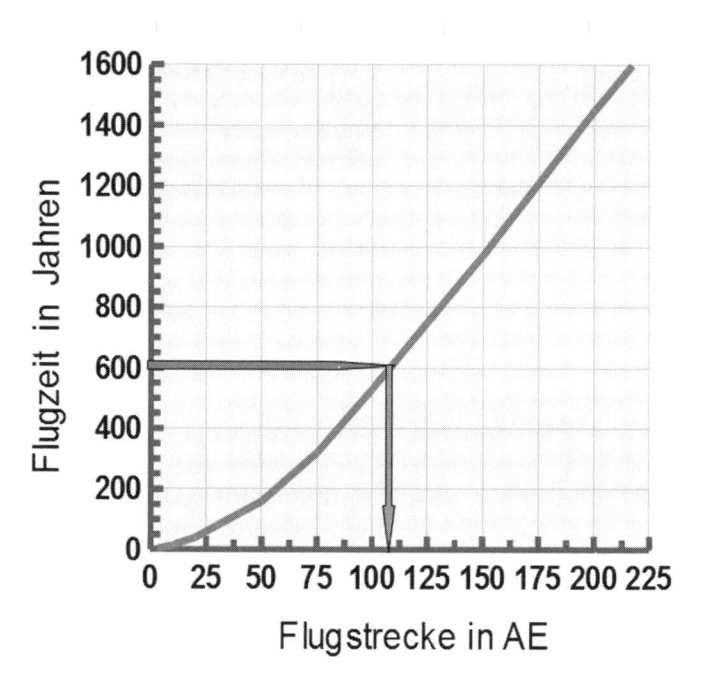

Bild 4.3: Flugstrecke und Zeit des Nibiru auf uns zu

Was bedeutet 2-3-fache Größe? Die Einen denken an den Durchmesser, Andere an die Masse des genannten Planeten. Deshalb habe ich eindeutig Durchmesser und Masse weitestgehend angegeben und die Zusammenhänge in Tafeln dargestellt.

Was der Nibiru nicht ist

- Zunächst ist er nicht nicht vorhanden, auch wenn die Schulwissenschaft vielseitig und abwechselungsreich seine Existenz leugnet
- Behauptungen er sei ein brauner Zwerg sind genau so falsch, wie er sei ein Sonnenzwilling, da ist es noch eher richtig von einem Doppelplanet Erde-Mond zu sprechen; der Mond hat 1/81 der Erdmasse und 1/9 der Marsmasse
- er ist kein Verwüster, auch wenn es mit ihm bei seiner Annäherung Probleme geben kann; immerhin kommt er schon über 1.100.000 mal durch den Asteroidengürtel: 4.000.000.000 Jahre geteilt durch 3600 Jahre pro Runde – nach Überlieferungen.

Der Planet X = Nibiru

In Auswertung der Übersetzungen (seit 1872 möglich) und Bearbeitungen sumerischer u. a. Keilschrifttafeln hat Herr Z. Sitchin das Buch „Der zwölfte Planet" geschrieben. Wenn man aber die verschiedenen Quellen sucht in denen Hinweise und Daten zu einem zehnten Planeten veröffentlicht wurden, findet man eine Menge. Dabei habe ich in neuerer Literatur zum Sonnensystem keine Hinweise mehr zu einem Planeten X oder Transpluto gefunden, unlogisch, aber offiziell „notwendig".
Herr Hausdorf schreibt in „Die Weiße Pyramide" ebenfalls von einem Planeten X, ohne weitere Daten anzugeben. In „Loewes Weltraum-Lexikon 1986" werden weitere transplutonische Planeten nicht ausgeschlossen, andere Autoren sahen das noch in den 90er Jahren ähnlich.
Natürlich gibt es zum X. Planeten auch verschiedene Gegenmeinungen, „die Wissenschaft" will ihn erst gar nicht registrieren - man bekommt auf Briefe keine Antworten, im Gegenteil: dpa verbreitete 1993 eine Meldung „Planet X war eine Fata Morga-

na". Wenn sachlich festgestellt wird „Aber bisher wurde noch kein Transpluto entdeckt" (Voigt), dann ist das noch etwas Anderes - auch wenn die Glaubwürdigkeit einer solchen Meldung bei dem Stand der Entwicklung unserer „Fernrohre", z. B. VLT in Chile, Weltraum-Teleskop Hubble, stark sinkt. Wir entdecken auch immer kleinere Exoplaneten in Lj Entfernungen – aber Nibiru in rund 14 Lichtstunden (noch gut 600 Jahre) bleibt uns „verborgen"?

Leider scheint es so, dass die Erkenntnisse der Sprachwissenschaft von der Schulwissenschaft nicht ernst genommen werden, sonst hätte der Nibiru schon fester Bestandteil unseres Sonnensystems sein können/müssen - oder wurde er „heimlich" eingeschleust?

Katastrophen mit Nibiru

Nibiru hat auf Grund seiner langen Bahn auch mit Störungen zu tun. Wenn Nibiru „vorbei" kam, war hier das Wettergeschehen immer deutlich feuchter.
Eine frühe Katastrophe wurde in den Keilschriften im 80. Schar, vor etwa 162.000 Jahren überliefert. Damals standen alle Planeten in Reihe, und Nibiru kommt etwas aus der Bahn. Die Folgen waren, dass Nibiru mit seiner Netzkraft im Asteroidengürtel „aneckt", Nibiru bekommt auch Probleme und die Katastrophe im Bereich Erde, Mars erscheint groß. Ein Asteroid „aus der Meute Tiamats", Kopf 3 Meilen Durchmesser und Länge 150 Meilen kommt auf sie zu. Im Endergebnis steht der Mond „günstig" und fängt den Asteroiden ab.
Die für uns bekannteste und umfassendste Störung war vor knapp 13.000 Jahren. Allerdings war hier Nibiru nicht allein verantwortlich. Bereits über 5.000 Jahre (eher mehr) waren seit dem Höhepunkt der letzten Eiszeit mit einer Warmperiode vergangen, und die Wasser waren schon wieder gestiegen. Für die Menschen war das auch eine Trockenzeit und sie konnten deswegen

wenig Nahrungsmittel über viele Jahre produzieren. Das führte auch dazu, dass sie begannen, ihre eigene Art zu essen.

Der Südpol wurde mit erwärmt – und als Nibiru im Perihel-Bereich der Erde vergleichsweise nahe war, brachen große Eismassen an den Bergen des Südpolgebirges ab und glitten ins Wasser. So lösten sie einen Megatsunami aus. Die Anunnaki haben das vorausgesehen. Der „Schöpfergott Ea/Enki", Chefwissenschaftler der Anunnaki organisierte die Aktion Arche. Die durch den Megatsunami ausgelöste Sintflut wirkte weltweit, in den Nord- und Bergregionen etwas reduziert bzw. nicht mehr. Die Anunnaki konnten das weder mindern und schon gar nicht verhindern.
Auch der Mars wurde durch die Nibirunähe vor knapp 13.000 Jahren in Mitleidenschaft gezogen. Die Stärker als heute vorhandene Atmosphäre wurde abgesaugt, das Wasser verdampfte und verschwand so weitestgehend. Die Wissenschaft geht schon von Millionen Jahren wasserlosem Mars aus und wundert sich aber, dass die Konturen noch so gut erhalten sind – eigentlich kein Wunder!

Wenn die Sumerer ihre Lehrmeister vom Planeten X unseres Sonnensystems „kommen lassen" den sie Nibiru nannten, dann gibt es hier genauso entgegengesetzte Meinungen.
Wissenschaftler behaupten, dass es keinen Planeten X gibt. Mit Sicherheit liegt die Bahn des Nibiru nicht im Lebensbereich – auch ein Angriffspunkt. Aber die Tiefen der Ozeane waren es ja auch nicht und vor gut 30 Jahren: noch eine unendliche Wasserwüste. Wer hätte vor 100 Jahren geglaubt, dass man einst Herzen verpflanzen kann - und dann sogar ein „schwarzes" Herz in eine „weiße" Brust?

5. Da kam ein Wanderer des Wegs

Wanderschaft

Früher gab es eine Zeit - da ging ein ausgelernter Lehrling als Geselle auf Wanderschaft. Er brachte seine und die Erkenntnisse seines Meisters in die Wanderschaft mit und damit in das europaweite Handwerk ein. Auf der anderen Seite lernte er auch eine Menge von anderen Gesellen und Meistern dazu. Es war ein Geben und ein Nehmen, stabilisierende Veränderungen, das Handwerk blühte auf.
Ein wenig vergleichbar ist das auch in unserem Sonnensystem. Als es sich vor etwa 4 Mrd Jahren stabilisierte und zu entwickeln begann, waren bereits über 9 Mrd Jahre seit dem „Urknall" vergangen. Der Wanderer aus dem All war Nibiru, der in unser Sonnensystem eingezogen war. Er brachte aus der Ferne auch den Samen des Lebens mit und hatte ihn bei der „Himmelsschlacht" über drei seiner Monde von 7 an die zukünftige Erde – ein halber Planet Tiamat - übergeben. Gleichzeitig wurde etwa der halbe Tiamat und Teile von 3 Nibirumonden im Weltraum verteilt als Asteroidengürtel, Kometen, Planetenringe, Asteroiden-„Bomben" auf Planeten, Monde... Und so wurde - zwar im „Klein-"Format - der Keim/Samen des Lebens weiter im Weltraum verteilt.

Panspermie

Nibiru muss ihn ja auch irgendwie auf vergleichbare Art mitbekommen haben. Und wenn der Samen vom Nibiru auf der Erde aufgeht - so einen Vorgang nennt man Panspermie (deutsch „All-Saat"). Die Hypothese der Panspermie besagt, dass einfache Lebensformen über große Distanzen durch das Universum mittels Planeten, Kometen, Asteroiden... getragen werden und so die Anfänge des Lebens auf die Erde oder andere geeignete Planeten brachten. Denken wir noch einmal daran, dass mit Bild 1.2 klar wurde, dass das einfache Leben schon um 9 Mrd Jahre vor dem auf der Erde entstanden sein kann und von da wieder erneut verteilt wurde. So wurde wichtiges Material über große Strecken und Zwischenstationen zum „Ziel" gebracht, vgl. Bild 5.1. Bis der Samen auf der Erde aufgegangen war, dauerte es noch einige 100 Millionen Jahre.

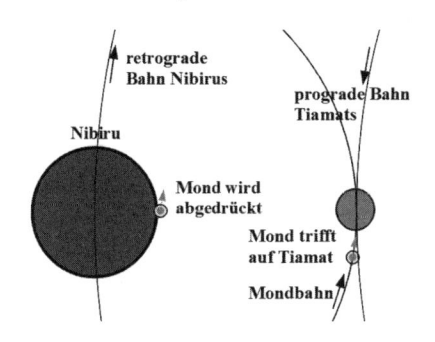

Bild 5.1: Nibirumond bringt Samen zu Tiamat, Panspermie

Es ist wissenschaftlich nachgewiesen, dass viele Bakterien und sogar Vielzeller die Bedingungen im Weltraum überstehen können.

In der Forschung durch ESA-Versuche wurde jetzt nachgewiesen, dass ein Teil der Bärtierchen sowohl das Weltraumvakuum, die Kälte von -270°C als auch ungeschützt die UV-Strahlung überstehen – und sich dann wieder auf der Erde vermehren können!

Von vielen Wissenschaftlern wird die Panspermie jedoch (noch) als reine Spekulation betrachtet, da bislang nur auf der Erde Leben nachgewiesen werden konnte – sagen sie! Vergleich: Ich sage, in unserer Luft sind viele Filme. Können wir sie aber sehen? Nehmen wir einen kleinen Fernseher...

Für das frühere Leben auf der Erde brauchen wir die naturwissenschaftliche Rücksicht (zeitlich) auf die von den Völkern überlieferten Schriften, die die Sprachwissenschaft weitestgehend übersetzt hat.

In der „Himmelsschlacht" entstanden viele Kometen. Zwischen dem Tiamat und dem Wanderer kam es im Endergebnis zum Austausch von Planetenflüssigkeiten und Körpern. Später wird daraus die Theorie des Panspermie. Das Leben auf der Erde fand seinen Ursprung im Weltall. Die Macht des Zusammenpralls schleuderte den verbliebenen Rest des Tiamat mit dem ihm folgenden Mond Kingu in eine neue Umlaufbahn. Damit waren dann die Grundlagen geschaffen, dass sich in einem stabilen System aus den Keimen das Leben auf der Erde entwickeln konnte.

Und nun kommen aus der Wissenschaft wieder neue Fakten, die die Theorie Panspermi weiter stützen. O. Dreissigacker schrieb den medienträchtigen Beitrag: „Unglücksboten als Lebensspender". Wenig später erschien von A. Baumann: „Lebensbausteine aus dem All".

Und wie entstand das erste Leben?

Die Frage wird schon dazu gestellt. „Panspermie" erklärt aber immer noch nicht, wie das Leben an sich entstanden ist — ganz gleich, ob irgendwo im All oder hier auf der Erde.
Die Wissenschaft ist immer davon ausgegangen, dass das Leben zuerst auf der Erde entstanden ist. Prof. Lesch ist grundsätzlich: „...davon überzeugt, dass das Leben auf der Erde seinen Anfang genommen hat und nicht anderswo. - Mein persönliches Resümee ist, dass in den Tiefen des Alls auf fernen Planeten zwar jede Menge grüner Schleim vorhanden ist, aber eben kein Leben." Er widerspricht sich hier selbst, denn er stellte richtig bei St. Koszudowski fest: „...dass die Naturgesetze, die wir kennen, überall im Universum gültig sind..." Aber höheres Leben soll nur die Erde hervorgebracht haben? Ein ganz großer Widerspruch!
Mit den Forschungen wurden Beweise dafür gebracht, wie das Leben einst entstanden ist, sein könnte. Da hat man sich 1953 unter Führung des Chemiker Stanley Miller mit einem Glaskolben mit Chemikalien, Wärme und Elektroenergie in Form von Blitzen bemüht – und Erfolg gehabt: Eine „Ursuppe" entstand, Bild 5.2. Auch wenn das Experiment heute als umstritten gilt sage ich: Die Ursuppe – oder etwas Vergleichbares - hätte sich natürlich schon vor mehr als 9 Mrd Jahren bilden können – wo-

anders, weit weg von uns. Im Bild 5.2 (exakt: Miller-Urey-Experiment) sind die wichtigsten Elemente sowie die (zeitweiligen) Zu- und Abgänge angegeben. Im Reaktionsgefäß findet eine Reaktion der Ur-Atmosphäre statt. Es entstehen Grundformen aber keine organischen Ketten.

In der ZDF-Sendung „Universum der Ozeane" am 10.10.10 wurden Hydro-Thermale Quellen am Meeresboden für die Erzeugung von organischen Ketten favorisiert.
Die Bedingungen dazu waren schon nach den ersten 2-3 Mrd Jahren nach dem „Urknall" und ersten Supernovae vorhanden. Die Entstehung von neuen Verbindungen nennt man im Rahmen der Erdgeschichte chemische Evolution.
Der Physiker Prof. P. Davies zitiert in „Sind wir allein im Universum?" den Astronom F. Hoyle: „ ... kam Leben auf die Erde, als Mikroorganismen aus dem Weltraum auf unseren jungfräulichen Planeten prasselten und die Bedingungen geeignet fanden, sich hier anzusiedeln." Das deckt die Himmelsschlacht.

Und so gesehen sind die Arbeiten der vielen Forscher zur Entstehung des Lebens sehr positiv zu bewerten, sind aber rund 10 Mrd Jahre früher anzusetzen.
Damit könnten die ersten Hochkulturen bereits Mrd Jahre vor unserem Sonnensystem existiert haben, vgl. Bild 1.2.

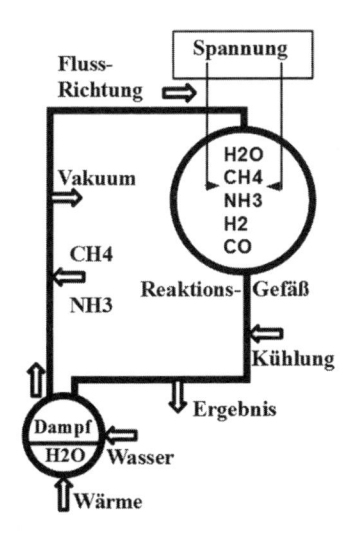

Bild 5.2: Miller-Anordnung

6. Leben und Werk der Anunnaki

Der Nibiru und die Anunnaki

Die Anunnaki leben trotz der Meinung der Wissenschaft – ein Planet hinter Mars (Bild 2.1) kann kein Leben haben – auf dem Nibiru. Die Atmosphäre kommt aus der gleichen Primärquelle wie einst auf der Erde: den Vulkanen. Das wurde erst jüngst durch 3 ZDF-Sendungen klar dargestellt! In der Anfangszeit war die Vulkantätigkeit besonders stark. Die Vulkane stießen viele Gase und besonders Kohlendioxid (CO_2) aus. So bildeten sich über Mrd Jahren im Endergebnis stabile atmosphärische Verhältnisse sowohl auf der Erde, aber auch auf dem Nibiru aus.
Ob die Anunnaki sich dort allerdings entwickelt haben oder gelandet sind – entzieht sich noch unserer Kenntnis. Sonnenlicht haben sie nur über wenige Jahre, wenn Nibiru im Bereich des Perihel ist (alle 3600/3200 Jahre) und dann sind sie immer noch um dreimal so weit von ihr entfernt wie wir auf der Erde, vgl. Bild 4.1.
Die Anunnaki waren lange Zeit zwei kriegerische Völker, die es eines Tages Leid wurden, nur Krieg zu führen und dem Planeten und sich damit die Grundlage des Lebens zu nehmen.
Eine gute Parallele:

Wir haben das Wissen und die Möglichkeit,
unseren Planeten zu einem blühenden Garten zu entwickeln –
oder mit ihm unter zu gehen.
Die Erde braucht uns nicht, wir aber die Erde!

Und so sind sie sich einig geworden Frieden zu Schließen. Sie vereinbarten u. a., dass sich die Herrscherfamilien gegenseitig heiraten: die Männer der einen Seite die Frauen der anderen Seite und umgekehrt. Der König – da kommt also der Begriff schon her – wurde abwechselnd gestellt.

Auf diese Art hat sich auch in Südamerika der Herrschaftsbereich der Inka schnell und stabil ausgedehnt! Das war eine Eroberung ohne Krieg. Woanders hat das aber auch geklappt, zumindest zeitweilig.
Bei einem wahlähnlichen Verfahren wurde der Führer der einen Seite Alalu mit nicht ganz sauberen Mitteln König. Er herrschte eine Zahl von Schars. Dann war wieder Auswahl, und er zog sich mit seinem Königsraumschiff zurück, um nicht ev. die Folgen seiner nicht ganz legalen Machtergreifung tragen zu müssen. Der neue König war dann An(u), in einer ZDF-Sendung auch als Himmelsgott bezeichnet. Nun wissen wir, wie „hoch" die Anunnaki „angebunden" sind.
Familienmitglieder (Kinder und Kindeskinder... Tafel 6.1) des Königs Anu waren verantwortlich für viele verschiedene Taten. Auch dabei ging es nicht immer friedlich zu. Sehen wir uns im nächsten Abschnitt einige Familienmitglieder und ihre Tätigkeiten an.

Tafel 6.1: König Anu und seine Kinder

Eltern: Anu &	Kinder
- andere Frau	**Sohn Ea/Enki/Ptah/Poseidon, Anus Erstgeborener**
- **Antu**	**Sohn Enlil, Erbe des Vaters**
- andere Frau	**Tochter Ninmah/Ninti/Ninhursag/Hathor**
-	**Tochter Bau wurde Frau von Ninurta**
-	**weitere 10 (?) Kinder**

Wir wissen, der Begriff König kam vom Nibiru auf die Erde. Wir wissen auch, den Menschen gegenüber haben sie sich als Götter ausgegeben, allerdings wurden auch die Begriffe Wächter und Erhabene vorher gebraucht.
Zunächst ein paar Allgemeinheiten, die heute so nicht mehr bzw. seltener noch üblich sind. Die Männer haben geheiratet und führten die Blutlinie weiter. Das ist auch heute noch bei Herr-

scherhäuser... nicht unüblich. Von Scheidungen habe ich allerdings nichts gelesen. Dafür war etwas Anderes „normal":

- die Männer konnten mehrere Frauen haben, Konkorbinen genannt
- das war wohl ein Relikt des langen Krieges, um schneller wieder die Bevölkerung aufzubauen (viele Männer waren gefallen)
- damit hatten sie auch – nicht immer – Halbgeschwister vom gleichen Vater, aber verschieden Müttern
- die Halbgeschwister konnten sich heiraten, vgl. Abraham und Sara
- meist heirateten Nichthalbgeschwister, also „normal" – wie bei uns
- im Interesse der Blutlinie war es aber üblich, dass Halbgeschwister bewusst Kinder zeugen durften
- die Söhne von Halbgeschwistern waren die Erben der Väter, auch wenn es aus der Ehe einen älteren Sohn gab
- sie haben nicht das Geschlecht des Kindes beeinflusst, obwohl sie das Wissen dazu hatten.

Anu hatte seine Halbschwester Antu geheiratet. Er hatte mehrere Konkurbinen und somit auch Halbgeschwister unter den insgesamt wohl 14 Kindern. Von diesen waren vier auf der Erde, und davon drei in verantwortlichen Positionen tätig. Anus ältester Sohn war Ea, Chefwissenschaftler, seine Halbschwester Ninki war Hebamme der Götter und Chefmedizinerin, Enlil war wieder Halbruder für beide und sozusagen der erste „Chef des öffentlichen Dienste" auf der Erde.
Ea hat Damkina geheiratet, eine Tochter von Alalu und König der früheren Gegenpartei. Er hatte aber auch andere Frauen. Enlil hat die Krankenschwester Ninlil geheiratet, die er mal vergewaltigt hatte. Hier gab es harte Gesetze: heiraten oder Verbannung. Aus der Verbannung heraus hat sich Enlil entschieden zu heiraten – ohne Konkurbine. Ninki durfte aus familiären Gründen

nicht heiraten, weil sie nicht folgsam genug war. Sie hatte aber mit beiden Halbbrüdern Kinder. Mit Ea waren es mehrere Töchter – er wollte eigentlich einen Sohn wegen der Erbfolge haben. Enlil bekam von seiner Halbschwester einen Erben und nannte ihn Ninurta.

Die 60 als „Planstelle" und Hintergründe

Die höchste Zahl der sumerischen Lehrmeister war die 60 als Planstelle – für Himmelsgott Anu. Es gab 6 Planstellen bzw. Verantwortungsebenen von 10 bis 60, dazu kamen 6 Stellen für die verantwortlichen Frauen von 5 bis 55. Sie bildeten zusammen den 12er Rat der Götter - hier haben wir die „religiöse Bedeutung" der Zahl 12(!) wieder. Wenn es in den Keilschrifttafeln hieß, dass die 35 zur 50 kommen soll, dann z. B. sollte die Abteilungsleiterin zum Chef kommen. Es war **keine** mathematische Aufgabe (35 + 50 = 85) - darauf wies Herr Sitchin ausdrücklich hin.

Der Zahl 12 ordnete man in Sumer, oder den Sumerern – wenn nicht erst in Babylon - eine mystische Bedeutung zu. Das machen wir heute – weil den Hintergrund kaum einer kennt, kennen will/darf. Die 12 ist auch die „Himmlische Zahl" - und das war für die Sumerer auch klar – weil sie im Sonnensystem mit 12 Himmelkörpern rechneten, Tafel 3.3. Dazu gehört nun wieder die Zahl 7 als „irdische Zahl", weil die Erde vom Nibiru aus im Anflug der 7. Planet war! - vgl. Tafel 3.3: Pluto bis Erde.

Es gab auch die uns 12 bekannten Sternbilder, vgl. Zodiac, Bild 8.1, die die Anunnaki entwickelt hatten – und nicht die Babylonier! Und schließlich: Wieviel Monate hat unser Jahr? Zwölf! Wieviel Tage hat die Woche? Sieben!
- Versiegelt mit 7 Siegeln
- Verschlossen mit 7 Schlössern
- Uns würde es nicht geben, wenn es ihn da oben nicht gäbe: den „7. Himmel"!

Die Summe von 7 + 12 = 19 ist eine wichtige Primzahl!

Leben auf dem Nibiru

Was bisher überall fehlt ist der Hinweis darauf, dass auf diesem Planeten Nibiru die Anunnaki, Nefilim der Bibel „zu Hause" sind (diejenigen, die von oben herab gekommen sind). Sie haben die Geschichte der Menschheit entscheidend mit geschrieben, indem sie ihr Schöpfer (1 Mo 1,26) waren.
Unsere Menschheit will einst - nach etwa 100 Jahren - nach einem Terraformig-Prozess den Mars (wieder-) beleben. Warum soll eine wesentlich weiterentwickelte Zivilisation nicht mit widrigeren Bedingungen fertig werden?
Der amerikanische Sumerologe Professor Kramer hat als erster die Erkenntnisse aus den sumerischen Keilschrifttafeln schon 1956 zusammengefasst und festgestellt: „History Begins at Sumer", deutsch 1959: Die Geschichte beginnt mit Sumer. Grundsätzliches findet sich auch in King (Hrsg). Wir haben seit 1872 gesicherte Erkenntnisse aus den sumerischen Überlieferungen – und die Medien sowie die Schulwissenschaft schweigen sich weitgehend aus! Nur das Gilgamesch Epos ist anerkannt.

Die sumerischen Aufzeichnungen liegen vor und besagen, dass die Sumerer die erste Hoch-Kultur nach der Sintflut waren - für die Wissenschaft plötzlich und unerwartet. Sie wurden gefördert von den Bewohnern des Nibiru. Sie haben auch eine Königsliste hinterlassen, bei der 8 Könige 241.200 Jahre (Zahl ist durch 3600 teilbar, Tafel 6.2) auf der Erde regiert haben.

Tafel 6.2: Sumerische Königsliste

	Königtum		Amtszeit in
König	in	Schars	Jahren
1 Alulim	Eridu	8	28.800
2 Alalgar	Eridu	10	36.000
3 Enmenlu-Anna	Badtibira	12	43.200
4 Enmelgal-Anna	Badtibira	8	28.800
5 Dumusi	Badtibira	10	36.000
6 Ensipzi-Anna	Larak	8	28.800
7 Enmendur-Anna	Sippar	6	21.600
8 Urbatutu	Shuruppak	5	18.000
Gesamt			241.200

Hier fehlen aber noch rund 200.000 Jahre, die Liste enthält nur einen Teil der Wahrheit.
Die Schulwissenschaft kann, soll, darf nicht akzeptieren, was die Sprachwissenschaft herausbekommen hat? Was die Sprachwissenschaft übersetzt hat, ist wie ein Angriff auf die Burg „Schulwissenschaft" von vielen Seiten:
- Astronomie: es gibt einen 10. (9.) Planeten, es ist Nibiru
- 900 Bewohner Nibirus – Anunnaki - waren auf der Erde (600) und in einer Raumstation (300) um die Erde: Igigi – die beobachten
- Biologie: der Homo sapiens wurde von ihnen geschaffen, er hat sich nicht evolutionär durch Klimaänderung in Afrika entwickelt
- die Anunnaki sind die Götter der Menschen gewesen, die wir heute mit verschieden Namen je Volk kennen – ihr Führer war Gott Anu, König vom Nibiru.

Was die Sprachwissenschaft übersetzt hat, ist zwischen den Sternen zu sehen - die Rückkehr Nibirus! Wann wird sie offiziell begangen? Darauf will dieser Beitrag eine Antwort geben.

Forschungszentrum Abzu im Süden Afrikas

Hier konnte sich Ea „entfalten", um die anliegenden Forschungsarbeiten langfristig anzugehen. Unterstützung hatte er besonders von seiner Halbschwester Ninki/Ninmah und seinem jüngsten Sohn Ningischzidda. Das wurde Ea's „Reich". Hier baute er ein umfangreiches Forschungszentrum auf und aus. Zuerst galt es Gold zu finden, und die Abbauwürdigkeit der Lagerstädte nachzuweisen. Schließlich musste auch die Abbautechnologie erarbeitet werden. Ea war ein vielseitiger Forscher und suchte auch nach anderen Bodenschätzen – man musste ja nicht alles vom Nibiru ranfliegen. Die Ernährung der im Laufe der Zeit auf 600 Mann angewachsenem Arbeitsmannschaft musste u. a. durch Naturstudien und der Nutzung ihrer Möglichkeiten gesichert werden.

Weitere 300 Mann, die Igigi - die, die beobachten und sehen - arbeiteten auf einer Raumstation, die um die Erde flog, auch sie mussten versorgt werden. Später waren sie auf dem Mars tätig. Eine große Herausforderung stellte sich den Forschern im Abzu als es galt, den Homo erectus zum Homo sapiens weiter zu entwickeln. Sie bewältigten die Aufgabe vor über 200.000 Jahren – aber irdische Zeitmaßstäbe lassen sich dafür nicht ansetzen. Ea wurde für seine Verdienste mit dem Titel Enki (Herr der Erde) ausgezeichnet.

Bild 6.1: Das Ischtartor mit Prozessionsstraße

Dass die Sintflut zumindest den größten Teil der einst vorhandenen Goldminen in Südafrika völlig zerstört hat, wird dabei nicht berücksichtigt.
In einem Beitrag fand ich einen Hinweis auf eine 70.000 jährige Goldmine.

Ischtar-Tor

Das blaue Stadttor von Babylon – Bild 6.1, das der Göttin Ischtar geweiht war, ist eine grandiose Bauleistung stellte sein Wieder-Entdecker Koldewey fest und schwärmt in seinen Telegrammen nach Berlin von der „eigenartigen Schönheit der Ziegel" – es sind 20.000. Es war ein Stadttor von König Nebukadnezar II. (605-562 v. Chr.). Babylon wurde in dieser Zeit zur Großmacht. Es war aber auch die Zeit des Propheten Ezechiel.

Das originale Ischtar-Tor steht heute im Pergamon Museum in Berlin und kann besichtigt werden, hier ein Modellfoto, Bild 6.1. Die blau glasierter Ziegelsteine der Mauer waren mit verschiedenen Bildnissen von damaligen Tieren verziert. Man hat in den letzten Jahren versucht, diese blaue Ziegelglasur wissenschaftlich nachzuarbeiten. Im ZDF gab es den Film „Mythos Babylon". Erstaunlich war, dass die Herstellung dieser Keramik sowohl komplexe technische Schritte erforderte als auch die Einhaltung einer relativ konstanten Brenntemperatur. Nach dem heutigen Stand der Wissenschaft hätte das damals gar nicht möglich sein können. In der genannten FS-Sendung wurde demzufolge zunächst die Frage gestellt: „Wie konnten die Babylonier so genau mischen?" Es waren 26 Zutaten notwendig – und es musste stimmen! Dazu waren ferner eine Brenntemperatur von konstant 950°C notwendig. „Wie konnten die Babylonier die Temperatur so genau einhalten?"
Denken wir daran – die Anunnaki waren zu dieser Zeit da und konnten entsprechend anleiten!

Die Raumflughäfen der Anunnaki

Terrassen von Baalbek

Vor über 400.000 Jahren wurde auf den Terrassen von Baalbek ein Raketenflugzentrum auf einer stabilen Steingrundlage aufgebaut. Noch heute wird gerätselt, wer die rund 1200 t schweren Steine herstellte, die dort verwendet wurden. Bei einer Literaturrecherche stieß ich auf sehr unterschiedliche Angaben im Besonderen des großen Steins von Baalbek, Bild 6.2.

Bild 6.2: Großer Stein von Baalbek im Maßstab HO 1:87 mit Universal-Elektro-Lok

Je nach Messmöglichkeiten kann man Fehlerraten zwischen 10% und kleiner 5% erreichen, nicht größer 50% wie es hier teilweise der Fall ist. Viele Autoren haben selbst gemessen oder abgeschrieben. Die Steinart und vor allem die aktuellen Dichtewerte wurden nicht berücksichtigt. Die gleiche Steinart unterliegt auch weltweit zu berücksichtigenden Dichte-Toleranzen.
Zur Steinart und deren Dichte habe ich mir eine kompetente Auskunft aus „Deutsches Archäologisches Institut" geholt [AI] Dr. van Ess: „...es handelt sich um den lokalen Kalkstein, sog. cretacischen Kalkstein mit einem spezifischen Gewicht von 2,6-2,8 g/cm3. Hierzu gibt es Analysen, die im Auftrag der libanesischen Antikenverwaltung hergestellt wurden."

Aus dem Instituts für Baugeschichte der TU Cottbus - Prof. Rheidt – erhielt ich die folgende Antwort: „...der Monolith I in Baalbek ist 21,72 m lang und hat einen mittleren Querschnitt von 4,80 x 4,80 m. Der später freigelegte Monolith II ist noch etwas größer..."
Mit diesen Angaben errechnet sich die Steinmasse zu 1350 t.
Es bleibt zunächst eine Frage: wie können die großen Steine relativ stabil sein? Es sind die Maße die sie haben. Rechnet man sie mit dem GS-Rechner nach, dann „liegen" die meisten Maße eindeutig in einer Lücke, s. Kap. 14 Global Scaling. Solche Objekte GS-gerecht herzustellen – das kann kein Zufall sein!
Ich komme zu dem Schluss, dass sich die Gegner des Raumflughafens nicht genug mit dem Problem auseinander gesetzt haben. Wissenschaftlich ist Baalbek bis vor um 5000 Jahren in Bearbeitung und wird weiter wissenschaftlich erforscht. Dass hier aber mal Raketen gestartet und gelandet sind – das darf wohl die Wissenschaft so noch nicht erforschen! Und Kritiker an solcher Theorie halten sich an das, was die Schulwissenschaft verkünden darf, vgl. auch „Verbotene Archäologie".
Bei den Lieferungen vom Nibiru waren auch Pflanzen und Tiere dabei, die lokal die Versorgung heimatlich gestalten sollten.
Eines Tages wurde ein neuer Raumflughafen im späteren Sumer gebaut und Baalbek für lange Zeit geschlossen.
Nach der Sintflut war die Basis in „Sumer" unbrauchbar geworden. Jetzt blieb nur die alte in den Bergen gelegene Basis von Baalbek übrig. Hier mussten nun alle landen, da sie in den Orbit zur Sicherheit aufgestiegen waren – es wurde eng - und es gab eine Menge Arbeit.

Basis im Zweistromland

Als diese Option realisiert wurde, gab es weder Sumer, ja noch nicht einmal uns, den Homo sapiens!
Nachdem man den Sitz zur Führung der 600 Arbeitskräfte auf der Erde und der 300 Igigi in der Raumstation in das Zweistrom-

tal verlegt hatte, musste hier ein neuer Raumflughafen errichtet werden. Mit den fortlaufende Arbeiten wurde es wichtig, dass das Rohmetall zwischen Euphrat und Tigris verarbeitet wurde. Im gleichen Zug sollte auch der Transport von der Erde zum Nibiru erfolgen. Also wurde hier über etwa 3 Schars (das sind über 10.000 Jahre!) eine völlig neue Basis „aus dem Boden gestampft". Bad- Tibira war die Metallverarbeitungsstadt.

Nach der Sintflut war alles unbrauchbar, falls man noch etwas gefunden hat. Mit so einer Konsequenz hatten die Anunnaki nicht gerechnet. Ob etwas und was für die Archäologen noch findbar ist – muss wohl die Zukunft zeigen wenn man weiß, wo ev. gegraben werden müsste. Die Natur „verarbeitet" auch Metall, vgl. Kriegstechnik.
Diese Basis war zwar am längsten von allen in Betrieb, die folgende interessiert uns aus einem bestimmten Grund mehr.

Sinai wird Raumfahrtbasis

Mit der Restaurierung der Baalbek-Basis war aber schon klar, dass ein neues Raumfahrtzentrum gebaut werden musste. Nachdem Baalbek wieder einsatzfähig war, ging es an die Suche nach einem stabilen Platz und man fand ihn idealerweise auf dem Sinai-Hochplateau.
Eine Kommunikationszentrale wurde im Raum des späteren Jerusalem gebaut – deshalb wohl heute noch so viele Höhlen unter der Stadt, vgl. Sitchins Buch: Auf den Spuren der Anunnaki.
Für die Rechts-Links-Orientierung beim Starten und Landen mussten 2 Punkte gefunden werden, die in entsprechenden Abständen die Aufgaben erfüllen konnten. Der Katharinenberg auf Sinai war schon vorhanden und wurde als östliches Funkfeuer elektronisch ausgebaut.
Auf der westlichen Seite war nur Wüste. Hier galt es ein Gebäude zu errichten, das sowohl optischer als auch elektronischer Orientierungspunkt sein konnte. Ningischzidda erhielt die Aufgabe,

die Große Pyramide zu errichten und entsprechend auszustatten. Nun war alles so vorhanden, wie wir es heute von Flugplätzen auch kennen. Die im Endergebnis 3 Pyramiden erhielten weiße Kalksteinplatten, um ein deutlich auch sichtbares Zeichen zu setzen. Den Gesamtkomplex zeigt Bild 6.3.

Baalbek ist hier zur Übersicht mit eingetragen und der Ararat, eigentlich ein Zwillingsberg, war auch für den Raumflughafen im Zweistromland ein zentraler Anflugpunkt.
Nachdem der Pyramidenkomplex soweit vor um 12.500 Jahren fertig war, wurde ein Sphinx gebaut. Der Sphinx schaut nach Osten auf die Raumfahrtbasis. Beide liegen auf dem 30. Breitengrad.
Der Sphinx sollte wegen des Löwenzeitalters ein Löwe sein, vgl. Bild 8.1 und sozusagen die Bauzeit grob angeben, Bild 6.4.
Diese Zeit stimmt auch mit den Forschungen von R. Bauval überein. Er hatte die Zeit „zurück" gedreht und so eine Übereinstimmung mit dem Sternbild Orion gefunden. Auch die Anordnung der Pyramiden stimmt mit den Gürtelsternen überein.

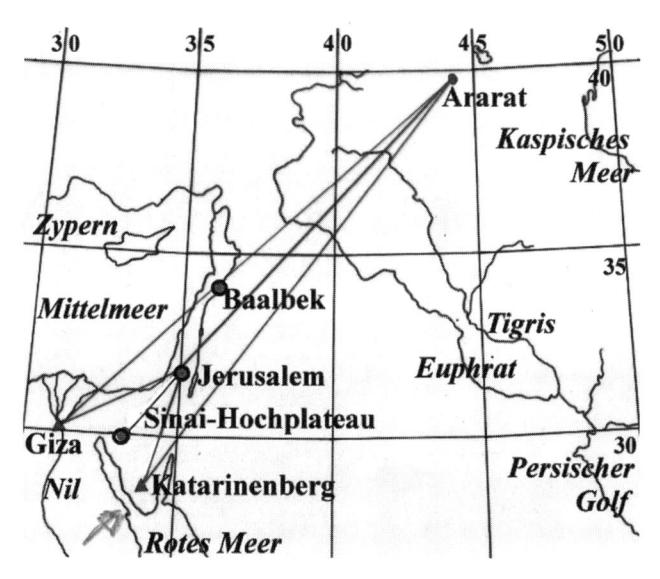

Bild 6.3: Die Anordnung des Raumflughafens auf Sinai

Bild 6.4: Der Sphinx als Löwe vor der Pyramide

Bild 6.5: Sphingen am Eingang des Tempels in Karnak

Das ist ja heute völlig wissenschaftlich daneben! Ägyptologisch wurden die Pyramiden und der Sphinx vor um 4.500 Jahren von Pharaonen erbaut. Hier hat man also Fakten die zusammen gehören - Löwe und Zeit – auseinander gerissen, vgl.: in Karnak hat man zur Widderzeit auch Widder gebaut, Bild 6.5 – und nicht etwas Anderes!

Hier zeigt sich: Politik geht vor Wissenschaft!

Bild 6.6: Dreizack (Kandelawa) des Adat/Ischkur

Peru erhält eine Basis

Am Titicacasee[1] haben die Anunnaki eine weitere metallurgische Verarbeitungsbasis aufgebaut. Verantwortlicher Anunnaki war Adat/Ischkur, Enlils jüngster Sohn. Sein Zeichen Dreizack (Kandelawa) hat er in den Boden eingearbeitet – wir kennen es alle, Bild 6.6. Wissenschaft und Medien haben eine Menge Begriffe und „Erklärungen" gefunden, die man im Internet recherchieren kann.

1) Titicacasee = Titikakasee = Titicaca-See

Auch hier wurde eine Flugbasis für Raketen und in unserer Sprache Flugzeuge gebaut. Besonders hervorgehoben wird das im „Buch Enki": „Einen neuen Platz für die Schiffe, endlos bis zum Horizont, hatte Ninurta dort erschaffen." Von hier – auch Barkenplatz genannt - flogen die Gäste vom Nibiru im Jahr 3760 v. Chr. mit ihren „himmlischen Gefährten" wieder zurück zu ihrem Planeten Nibiru.

Hervorgehoben wird hier konkret, dass König Anu mit Gattin Antu auf dem See von Anak segelten (Titikakasee, er lag mal vor mehr als 20 Millionen Jahren auf Meereshöhe).

Sie gingen mit ihren Gästen vom goldenen Platz oben in den Bergen in die Ebene hinunter. Nicht ganz klar ist, ob nach den Aussagen in unmittelbarer Nähe des Titicacasees noch eine lange Bahn war. Bis Nasca in ca. 500 km Entfernung, da kann man nicht zu Fuß gehen. Anu und sein Anhang gingen zum Startplatz – oder sie flogen von hier mit einem Flugzeug nach Nasca und von hier zurück nach Nibiru. Am goldenen Platz wurde u. a. Gold abgebaut und verhüttet (künstlicher Hügel zum Schmelzen und raffinieren des Metalles). Als Fracht hatten sie Gold zur „Reparatur" der Atmosphäre des Nibiru.

Die Überlieferung besagt, dass das der Hauptgrund ihres Daseins auf der Erde gewesen sein soll.

Anunnaki – Lehrmeister der Hochkulturen

Die Sumerer haben uns hinterlassen: alles was sie wissen, haben sie von den Anunnaki gelernt. Wir „kennen" sie aus verschiedenen Ländern mit anderen aber landestypischen Namen.

Die Halbbrüder Ea und Enlil waren sich nicht immer „grün", was sich auch auf ihre Kinder übertrug und zu verschieden Kriegen mit führte. So gesehen können sie nicht **Gott** gewesen sein, Urgottvater steht über ihnen.

Vor über 200.000 Jahren wurde der Homo sapiens durch sie unter Ea´s Leitung geschaffen – entsprechend 1 Mo 1,26. Dieser Zeitpunkt wird von der modernen Wissenschaft zwar mittlerweile mehrfach bestätigt u. a. Fischer im Spektrogramm vom 28.04.2008 – aber bitte ohne Hinweis auf die Keilschrifttafeln! Ähnlich ist es mit der Theorie, dass der Homo sapiens vor um 100.000 Jahren aus Afrika kam, um sich auf der Welt zu verbreiten: Out of Africa - es war ein langer Kampf, der vor über 10 Jahren entschieden wurde.

Z. Sitchin hat viele geschichtliche Ereignisse in seinen Bücher thematisch aufbereitet, zusammengefasst. Das ist aber nur ein Teil des Wissens aus den Keilschrifttafeln. Die nächsten Autoren müssten sich den meist übersetzten Tafeln widmen und weitere Details der Weltöffentlichkeit zugänglich machen. Dass die Naturwissenschaft das noch nicht will - hat meiner Meinung nach mehrere Ursachen:
- Das allgemeine Bild vom Alleinsein der Menschheit im All, das sich die Schulwissenschaft über Jahrhunderte aufgebaut hat würde zusammenbrechen, denn wir sind nicht allein im All – ja nicht einmal in unserem Sonnensystem!
- Die Entwicklung der Menschheit verlief „viel" anders als man es uns bisher dargestellt hat, die Wahrheit wird verschwiegen.
- Die Ägyptologie müsste das Pyramidenalter von 4.500 Jahre auf etwa 12.500 Jahre anheben und den Sphinx Löwe mit dem Löwenzeitalter gleichsetzen.
- Es würde ja offen darliegen, dass uns die Schulwissenschaft schon seit Jahrzehnten etwas erzählt, das längst anders bekannt ist, weil anders überliefert wurde.

Auch für die Religion ergäben sich Veränderungen, die aber an dem prinzipiellen Gottglauben nichts wesentliches verändern:
- Die Bibel könnte eindeutig auch als eine Quelle von High-Tech-Informationen dargestellt werden.
- Die fundamentalistischen Kreationisten – Erde nur 6000 Jahre alt – wären eigentlich endgültig „geschlagen".
- Selbst intelligentes Design (ID) mit um 2 Millionen Jahren Erde könnte leicht überwunden werden.

Diese Erkenntnisse werden und müssen sich durchsetzen. Und so sind die Anunnaki auch für uns und viele Fachgebiete in den Überlieferungen noch Lehrmeister!

Nach den sumerischen Keilschrifttafeln haben die Anunnaki:
- die Erde besucht, um Gold für ihre Atmosphäre abzubauen
- zu Beginn waren 50 Anunnaki auf der Erde für Vorbereitungen
- dazu wurden vor über 400.000 Jahren max. 900 Anunnaki eingesetzt
- die schwierigen Arbeiten führten um vor 300.000 Jahren zu Konflikten
- Ea schlug vor, einen primitiven Arbeiter zu erschaffen
- aus heutiger Sicht wurden sie wie Sklaven eingesetzt
- zu einem späteren Zeitpunkt - um vor 200.000 Jahren - wurden die biblischen Adam und Eva geboren.

Der heutige Homo sapiens begann seine Entwicklung, gefördert von den Anunnaki.

Welche Hochkulturen sind hier gemeint?

Nach der Sintflut wurde das Land unter den Anunnaki neu aufgeteilt. Es wurden 4 Regionen geschaffen, Bild 6.7:

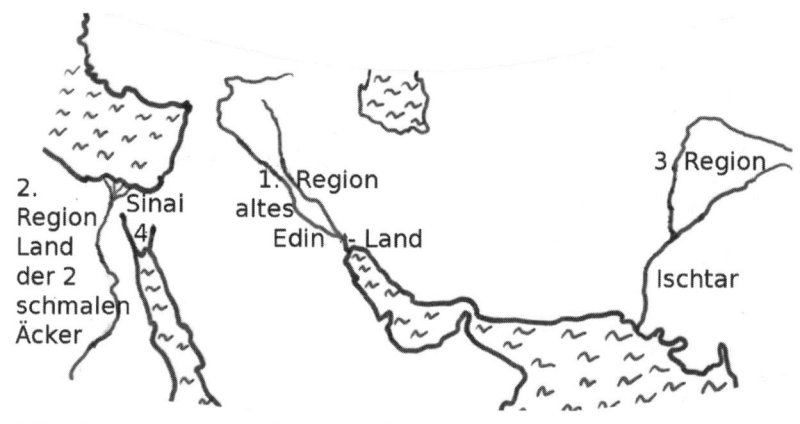

Bild 6.7: Die vier Regionen der Anunnaki

1. Region war und blieb das alte Edin-Land – später Sumer
2. Region wurde das Land der Zwei schmalen Äcker – Ägypten
3. Region fern der anderen beiden erhielt Inanna/Ischtar - das Indus-Tal
4. Region allein den Anunnaki geweiht, die Halbinsel des Platzes der (Raum-)Schiffe – Sinai, für Menschen verboten.

Tafel 6.3: Angegebene Hochkulturen, Zeit v. Chr., Richtzeiten

Land	Beginn	Ende
Sumer	3900	2024
Ägypten	3100	1800
Indien	3000	2000

Die angegebenen Zahlen der Zeiten der Hochkulturen überlappen sich für die Länder und liefen teilweise parallel, s. Tafel 6.3, Zeiten meist Näherungswerte.

Sumer

Der sumerischen Hochkultur – altes Edin-Land - habe ich wegen der Besonderheit für uns ein eigenes Kapitel gewidmet – hier nur der Hinweis.

Ägypten

Ein Land – das schon vor Tausenden von Jahren fast so war wie Heute: das Land der zwei schmalen Äcker. Verantwortlich Ea/Enki/Ptah mit seinen Söhnen Marduk/Amun/Re und Ningischzidda/Thot/Hermes (zeitweilig). Es gibt Aufzeichnungen, da geht die Verantwortung Ptah´s über Ägypten bis auf 22.000 Jahre zurück.
Die drei Pyramiden von Giza bilden mit dem Sphinx einen großen Baukomplex.
Der Platz der himmlischen Barken auf Sinai wurde von den Anunnaki bewacht, damit dort aus Unwissenheit keine Menschen zu Schaden kommen können.

Indien

Ischtar herrschte als Göttin (zu der sie sich ernannt hatte) etwa 1000 Jahre über die Zivilisation des Indus-Tales (bei den Anunnaki die „Dritte Region" Aratta; heute als Harappa- oder Indus-Kultur bezeichnet). Dieses Land war 3 ½ mal so groß wie Deutschland heute. Ischtar konnte sich von der 1. Region, dem alten Edin-Land, nie vollständig lösen und flog mit ihrem Himmelsschiff viel zwischen den beiden Regionen hin und her.
Als Kriegsgöttin wird Ischtar mit Hörnermütze, mit Köcher auf dem Rücken und Pfeil und Bogen in der Hand dargestellt. Ihr Emblem ist der Stern und ihre „heilige Zahl" die fünfzehn.

In Indien wurden die Fluggeräte Vimana genannt. In unseren Breiten wird allerdings nur wenig Notiz von der indischen Vergangenheit genommen. Wissenschaftlich werden Ufo, Vimanas, Außerirdische im Vergleich zu uns aufgeschlossen betrachtet. Bei uns heißt das Thema „UFOs entstehen im Hirn", Moderator Stefan Oldenburg beginnt am 22. Oktober 2008 den Blog mit „Zwei Anmerkungen zu angeblichen UFO-Sichtungen: Erstens haben UFO-Erlebnisse immer ganz irdische Ursachen. Zweitens werden aus diesen irdischen Phänomenen erst in der Phantasie ihrer Beobachter jene Objekte, die wir (im Plural übrigens inkorrekt) UFOs nennen." Im Folgeblock sagt er mir u. a.: „Oh lieber Herr Deistung, seit Oktober nutzen Sie immer wieder die Kommentar-Funktion unter meinen Blog-Beiträgen, um Ihre Erkenntnisse zu verbreiten... Völlig unabhängig von den Inhalten, über die ich in meinem Blog „Clear Skies" schreibe, wiederholen Sie Ihre immerselben Ideen, die dem **Dunstkreis der Prä-Astronautik** entstammen." Hervorhebung: Autor.

In Indien heißen in Hindi die Flugzeuge heute noch Vimana. In den indischen Veden sind vor über 5.000 Jahren Götter und Halbgötter mit den Vimanas geflogen. Den Schilderungen nach waren das nicht die Anunnaki – ist allerdings noch recht offen.

7. Die Götter – vom Nibiru

Die Menschen

Die Menschen auf Nibiru hatten eine lange auch atomare kriegerische Auseinandersetzung – s. a. Kap. 6.
Auf der Erde haben sich 600 Anunnaki um den Goldbergbau bemüht. Um ihre Arbeit zu erleichtern, wurde aus dem Homo erectus der Homo sapiens, der heutige Mensch entwickelt.
In einer orbitalen Raumstation waren 300 Igigi als Goldverarbeiter tätig.
Die 900 Anunnaki waren Erhabene, Wächter und später die Götter für die Menschen. Sie waren im Endergebnis auch davon überzeugt, dass sie den Menschen im Auftrag Gottes – Urgottvater – also dem Gott, den wir eigentlich meinen, geschaffen haben. Dazu hatte Ea einen konkreten Traum. Zur Schaffung der Arche war es vergleichbar.
Die Anunnaki sind nicht mit Gott gleichzusetzen, auch wenn sie sich als Götter bezeichneten und bezeichnen ließen. In der Literatur sind alle ihre Namen mit dem Wort Gott verbunden. Sie haben wesentliche Kapitel des Alten Testamentes einst in Keilschriften geschrieben, schreiben lassen (Sitchin: Apokalypse).
Eigentlich ist in allen Ländern in vorchristlicher Zeit die Rede von Göttern. Das rührt daher, dass meist die Anunnaki – durchaus aber auch andere „Bruder Außerirdischer" - auf der Erde zu Besuch oder/und Arbeit hier waren. Dazu braucht es noch weitere Forschung, vgl. indische Veden.

Die Arbeit der Anunnaki

Die erste Siedlung die die Anunnaki auf der Erde errichteten war Eridu (Bild 10.1) – in der Ferne erbautes Haus.
Enlil war der Entscheider auf der Erde, meist nach Rücksprache mit Anu auf dem Nibiru. Er musste auch der Schaffung des

zunächst einfachen Arbeiters zustimmen, den Ea verantwortlich nach seinem Vorschlag geschaffen hatte, um das Goldgräberproblem arbeitskräftemäßig zu lösen. Enlil konnte seine Meinung: „Die Schöpfung gehört einzig dem Vater allen anfangs!" wegen der notwendigen Arbeitskräfte nicht durchsetzen. Sie haben zwar vom Nibiru Leute zum Mannschaftsaustausch geholt – aber warum sie nicht mehr holten, ist so nicht geklärt.

Das erste Retortenbaby auf der Erde wurde vor über 200.000 Jahren in Afrika, das unserer Zeit im Jahr 1978 in England geboren.

Mittlerweile sind es weit über 3.000.000 Geburten. Es gibt auch Leute, die das Wort „Gott ins Handwerk Pfuschen" gebrauchen, um zu verhindern, was nicht mehr zu verhindern war. Frauen, Familien wollten Kinder, die sie auf normalem Weg – aus welchen Gründen auch immer – nicht (mehr) bekamen. Die Bibel hat es uns ja vorgemacht: Sara bekam mit 90 Jahren noch ein Kind und Elisabeth war wohl auch schon über 60. Und so gibt es noch viel mehr High-Tech-Informationen in der Bibel!

Im Nachhinein wurden die schönen Menschenfrauen auch Frauen der Anunnaki, Göttersöhne, da die Männer hier deutlich in der Überzahl waren. Enlil war dagegen, konnte aber nicht viel machen. Ea/Enki fand eines Tages zwei Menschenfrauen besonders attraktiv – sie wurden schwanger und gebaren Enki den Sohn Adapa und die Tochter Titi. Hier entstand die Geschichte mit dem Korb auf dem Wasser als Findelkinder – und seine Halbschwester Ninmah erzog als Eingeweihte die beiden Kinder mit. Sie – nun Adam und Eva als Halbgeschwister - waren hochintelligent, heiraten als Halbgeschwister und bekamen zuerst die beiden Söhne Ka-in und Abel. Erst später offenbarte Ea/Enki seine Vaterschaft. Das war vor um 200.000 Jahren.

Monotheismus

Wir haben ja mehrere Eingottreligionen:
- jüdische: seit 3760 v. Chr. mit Thora, Weltschöpfungsjahr
- christliche: Grundlage Thora als Altes Testament (AT) und Neues Testament (NT) seit Jesu als Bibel = AT + NT
- Islam: 622 u. Z. ist das Jahr 1 des Islam mit Koran
- Mormonen: 1830 u. Z. mit dem Buch Mormon.

Wer ist für den Monotheismus verantwortlich? Es ist sinnvoll, nur einen Gott anzubeten. Das schließt Streitigkeiten zwischen den Anhängern der verschiedenen Götter aus – so wie es ja in der Geschichte war. Andere Stimmen sagen aber, dass sich das in den Religionen entwickelt hat. Aber: als sich die Israeliten ein goldenes Kalb schufen, ging Moses ganz entschieden dagegen vor! Also, Schaffung der Eingottreligion von „oben". Auch Marduk spielt hier eine Rolle, wie wir später noch sehen werden.

Halbgötter

Aus den Überlieferungen ergibt sich: diejenigen, die wir heute als Götter bezeichnen, traten einst als Lehrmeister des Menschen auf. Sie hinterließen viele schriftliche Zeugnisse aber auch verschiedene Bauten. Halbgötter sind das Kind eines Gottes (Außerirdischen, Erdbesucher, Anunnaki, Nefilim, diejenigen, die von oben gekommen sind) mit einer „Menschen-Frau" - oder einer Göttin (Anunnaki/Nefilim oder auch anderer außerirdischer Lehrmeister) mit einem „Menschen-Mann". Die Menschen waren meist Priester oder Könige.

Wir haben von dem Kontakt Gott=Anunnaki mit Menschenfrauen gelesen. Die Kinder sind Halbgötter – konkret 1/3 Gott. Im Verlauf der Geschichte gab es auch Göttinnen=Anunnaki, die

Kinder von Menschen, meist Priester bekamen – das sind 2/3-Gott Kinder.

Hier das Beispiel der Göttin Ninsun: sie bekam Gilgamesch – ein 2/3-Gott und rund 700 Jahre später Urmammu (Urs Freude) auch ein 2/3-Gott. Prof. Maul, der das Gilgamesch Epos neu bearbeitet hatte konnte nur unklar erklären, was ein 2/3-Gott ist. Er schrieb: „Zwei Drittel an ihm sind Gott, doch sein (drittes) Drittel das ist Mensch... Gilgamesch ist das Kind einer Göttin und eines sterblichen Menschen. Als Vater Gilgameschs galt der König Lugalbanda... Er wurde nach seinem Tode als Gott verehrt und war Schutzgott Gilgameschs. Aus diesem Grund mag Gilgamesch von seinem Vater nicht nur einen sterblichen, sondern auch einen göttlichen Anteil ererbt haben." Das geht so nicht!
Die folgende Erklärung aus Wikkipedia wird sehr viel zitiert: „Ein Halbgott ist in der Regel ein Geschöpf, das von einem Gott und einem nichtgöttlichen Wesen abstammt und gehört damit in den Bereich Mythologie oder Fantasy." Das ist immer noch die offizielle Meinung, weil nicht sein kann, was nicht sein darf. Da hat Prof. Maul schon sehr revolutionär gedacht – aber fachlich falsch ist das trotzdem.
In der FAZ vom 13.02.2005 schrieb er den Beitrag: „Ein Zweidrittelgott sucht die Unsterblichkeit". Ich bot der FAZ eine Erklärung dazu an – weitere Beiträge wurden abgelehnt.

Nun zur fachlichen Lösung, die ich auch Prof. Maul schickte – danach bekam ich keine Antworten auf weitere Fragen!

Die Frauen haben in den Genen das xx-Chromosom und die Männer das xy-Chromosom. Wenn wir die Angelegenheit genauer untersuchen, gibt es hier wieder Unterschiede: Zweidrittel- und Eindrittel-Gott. Das hängt folgendermaßen zusammen: Ist die Göttin die Mutter und z. B. ein Priester der Vater – entsteht ein Zweidrittelgott. Die Zusammensetzung des Kindes geht aus **ZWEI** göttlichen und einem menschlichen **X**-Chromosomen hervor. Ist der Vater ein Gott und die Mutter eine Irdische, haben wir nur **EIN** göttliches **X**-Chromosomen und zwei menschlichen X-Chromosomen s. Tafel 7.1. So gesehen gibt es eigentlich keine Halbgötter, aber den eigentlichen kleinen Unterschied kennen die wenigsten – oder dürfen ihn noch nicht kennen, denn Götter sind nach wie vor etwas Unwissenschaftliches, s. Wikipedia-Zitat!

Tafel 7.1: Ein- oder zweidrittel Gott?

Vater	Mutter	Sohn	Gott
xy	xx	-	-
GOTT	Mensch	XYxx	1/3
Mensch	GÖTTIN	xyXX	2/3

Zur Thematik habe ich 2006 einen Beitrag im Magazin 2000plus, Nr. 1/233 veröffentlicht.

8. Zeittafel zum Nibiru und den Arbeiten der Anunnaki

Tafel 8.1a: Frühe Zeittafel

Zeit in vor ~ Schar	Jahren	Aktivitäten	Zeitalter
1	450.000	Flucht & Ankunft des abgesetzten König Alalu auf der Erde, Goldfeststellung	
2	446.400	1. Delegation von 50 Mann unter Leitung von Ea auf der Erde, Wasserung	
15	396.000	Anu besucht Erde, Alalu und Anzu müssen zum Mars fliegen	
25	360.000	Marduk verantwortlich auf dem Mars für Igigi (die beobachten)	
40	305.000	Rebellion der Anunnaki in den Goldminen, wollen leichtere Bedingungen Austausch der Besatzung vom Nibiru Bau der Metallstadt Bad-Tibira zur Aufbereitung des Goldes, Dauer 3 Schars	
45	288.000	Ea errichtet sein Forschungszentrum Abzu in Nähe des Victoriasee (stürzende Wasser) mit „Haus des Lebens", hier entwickelt er sich den Homo sapiens	
~60	234.000	Erneute Rebellion der Anunnaki in den Goldminen, Vorschlag Eas: einen Lulu, einen Arbeiter zu schaffen, es gab eine lange Diskussion auf Erde und Nibiru, das Gold für die Atmosphäre war wichtig, also das vorhandene Wesen verändern	
~70	200.000	Menschenschöpfung 1 Mo 1,26 [Bi], Chef Ea, Ninmah, Ningischzidda Stufe 1 = Forschung, später Stufe 2 = Zufall alle Planeten in Reihe, Nibiru kommt etwas aus der Bahn, Folgen:	
80	162.000	Nibiru (1 Mond „eckt" im Asteroidengürtel an, Nibiru bekommt auch Probleme Katastrophe im Bereich Erde, Mars; großer Stör-Asteroid fällt auf den Mond	
81	158.400	Platz der himmlischen Barken wird errichtet, Sippar, Befehlshaber Utu	
82	154.800	Sippar Vogelstadt fertig – neues Raumflugzentrum, Anu kommt, Igigi kommen vom Mars unter Befehl Marduks, vom Abzu kommt Ea ins Zweistromland	Wassermann
117	~22.000	Herrschaft der Anunnaki in Ägypten beginnt	Jungfrau

Tafel 8.1b: Späte Zeittafel

	v. Chr.	Ereignis	Sternzeichen
120	10.860	Zeit des Nibiru, Sintflut	Löwe
	10.500	Bau der Pyramiden und des Löwen-Sphinx	
121	7.200	Zeit des Nibiru	Krebs
	3.800	Beginn der Hochkultur der Sumerer	
122	3.760	Zeit des Nibiru - Schlüsselzahl für Zeitrechnung, Anu´s Erd-Besuch, Einführung des Kalenders in Nippur in Erdenjahren durch Himmelsgott Anu (Chef vom Nibiru), Enlils Sitz, Weltschöpfungsjahr im jüdischen Kalender	Stier
	3.300	Eistod von Ötzi	
	3.113	Beginn der Hochkultur in Mexiko, Quetzalcoatl, 13. August	
	~ 3.100	Beginn der Hochkultur in Ägypten und Indien	
	2.920	Beginn der Hochkultur in Ägypten, 1. Dynastie	
	2.500	Bau des Turmes zu Babel durch Marduk, Zerstörung auf Befehl Enlils	
	2.200	Bau Karnak-Tempel, Widder-Sphingen, Amun/Marduk	Widder
	2.024	Sodom & Gomorra und Raumfahrtbasis Sinai atomar zerstört	
		Untergang der Hochkultur Sumer - Folgekultur Babylon	
	1.600	Himmelscheibe von Nebra entsteht	
123	560	Zeit des Nibiru, Unterstützung Ezechiels, später Mitflug	Fische
v. Chr.	6±1	Geburt von Jesus	
u. Zeit	1.492	Wiederentdeckung Amerikas durch Columbus	
	1.520	beginnende Reformation, Luther	
	1.530	Karte der Antarktis, Genauigkeit besser 2%, Piri Reis	
	2.005	Januar weltweite Hilfe nach dem Tsunami vom 26.12.2004	
	2.012	Ende Mexikanischer Kalender, besondere Ereignisse möglich	Fische
124	~ 2.630	Zeit des Nibiru	Wassermann

85

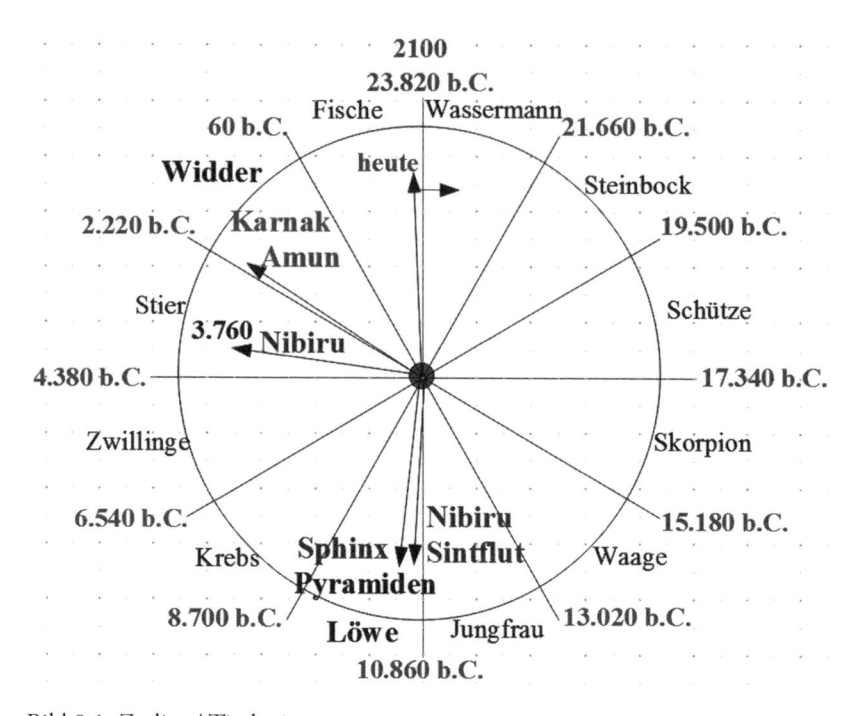

Bild 8.1: Zodiac / Tierkreis

9. Gold vor über 400.000 Jahren und sein Einsatz

Gold irdisch betrachtet

Alle Jahre wieder gibt es Goldmedaillen, Goldmünzen, Goldbarren, Goldringe... für spezielle und allgemeine Anwendungen. Hier geht es jetzt um ganz spezielle Anwendungen: Nanotechnik. Das liegt im millionstel mm-Bereich. Solche dünnen Schichten aus Gold oder Kupfer um z. B. 50 nm ($50*10^{-9}$ m) habe ich routinemäßig auf nicht elektrisch leitenden Proben aufgedampft, die zu einer Raster-Elektronen-Mikroskopie-(REM) Untersuchung vorbereitet wurden. Metallschichten unter 100 nm auf Glas sind durchsichtig.

Gold ist ein schweres (19,3 mal so schwer wie Wasser) leicht handhab- und formbares Edelmetall, dass sich nur schwer mit anderen Elementen verbindet. Deshalb wird viel Gold in µm starken Belegen zum Schutz elektrischer Verbindungen z. B. vor Korrosion und zur sicheren Kontaktgabe in elektronischen Geräten und Bauelementen, aber auch zur Vergoldung von z. B. Uhren, Bestecks und Goldschmuck - Bild 9.1, eingesetzt.

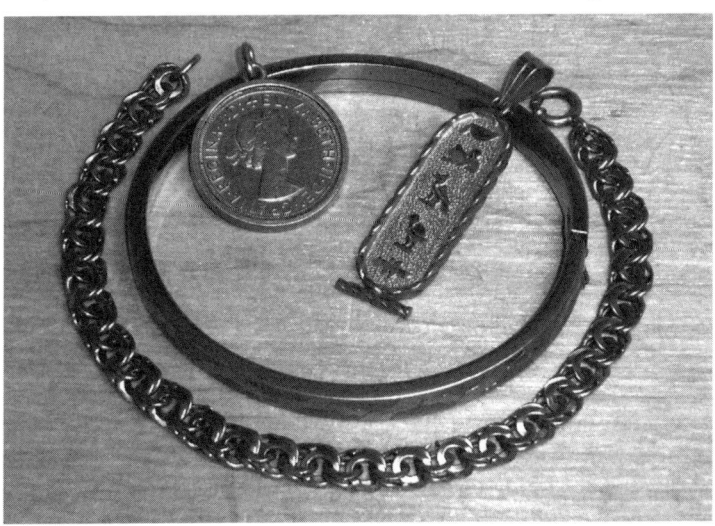

Bild 9.1: Goldschmuck irdisch

Goldschmuck für die Schwester Gilgameschs, s. Google: **Puabi**. Sie ist eine **NIN** = **Göttin** Puabi, Königin und Herrin sind nicht korrekt übersetzt.

Nun noch ein paar Angaben zum Nanobereich. Der Radius eines Atoms liegt bei 0,15 nm. Wird Gold auf Teilchen kleiner weniger Atomlagen gebracht – hier wurde von Goldklümpchen mit 55 Atomen gesprochen - verhält es sich völlig anders. Dieses Forschungs-Ergebnis ergab sich in den letzten Jahren und wurde am 21.08.08 bei Spektrumdirekt „Auf dem goldenen Weg zur Katalyse" veröffentlicht. Dazu hatte ich einen Leserbrief geschrieben. Da er aber Hinweise zum Nibiru enthielt – wurde er nicht veröffentlicht.

Einen anderen interessanten Beitrag habe ich am 10.01.09 in 3sat gesehen - la Vita: „Hier ist alles Gold was glänzt". Es ging u. a. um Blattgold und spezielle Anwendungen. Seit Jahrhunderten wird es zur mitessbaren Dekoration von Speisen aller Art verwendet. Eine Frage die für Neulinge immer auftritt: Ist das mitessbar? - Eindeutig: JA! Es kann auch in (alkoholischen) Getränken mitgetrunken werden. In wenigen Fällen soll es sogar heilende(?) Wirkung haben. Es gab auch mal Rheumatabletten mit Goldspuren.
Eindeutig schien, dass das Leder, in dem das (Blatt-) Gold geschlagen wird, bei der Heilbehandlung von kleinen Wunden schneller heilend wirkt.
Das wäre auch damit zu erklären, dass dort nur kleinste Spuren vorhanden sind – und aus o. g. Veröffentlichung wissen wir, dass sich so kleine Teilchen ganz anders verhalten.
Ein Blattgoldblatt hat eine Dicke von 100 – 300 nm (0,1 – 0,3 µm).

Wozu brauchten die Anunnaki Gold – und woher nehmen?

Auf dem Nibiru wurde die Luft durch vulkanische Minderaktivität dünner und damit drohte die Weltraumkälte mit negativen Einflüssen auf das Leben auf dem Planeten. Die Wissenschaftler versuchten mehrere Methoden, u. a. wollte man mit Sprengsätzen in Vulkanen deren Aktivitäten zur Gasproduktion erhöhen. Sie fanden aber, dass Gold nur in Nanostrukturen, oder sogar atomar(?) in die Atmosphäre eingebracht, die beste Lösung wäre. Wieweit sich atomare gegenüber Nano-Strukturen ev. besser oder weniger eignen, konnte ich noch nicht ergründen.
Nun stand die Frage: Woher Gold bekommen? Nibiru hatte keins – warum? Diese Frage ist nicht geklärt.
Man hatte ja auch Forschungen zu Tiamat gemacht und herausgefunden: Tiamat hatte Gold! Und wo war Tiamat? Der Asteroidengürtel war ja ein Teil von ihm. Nibiru kam ja alle 3600 Jahre am Asteroidengürtel für wenige Jahre „vorbei" und eine Forschungsgruppe könnte so die gewünschten Quelle finden und abbauen. Eventuell könnten die Leute für 1 Schar im großen Raumschiff wohnen und von dort zum Außeneinsatz starten. Zuerst musste aber ergründet werden, welche Asteroiden sich eignen. Und so wurden Forschungsraumschiffe ausgerüstet, die aber vom Asteroidengürtel mehrfach zerstört wurden. Es gab also keine Ergebnisse, auch nicht: Was wurde falsch gemacht? Man musste weiter denken. Nun blieb noch die Erde als ehemaliger halber Planet Tiamat übrig, auf dem viel Gold sein müsste.

Ein Zufall half weiter

Die Wissenschaftler unter Leitung des Königssohnes Ea haben auf dem Planeten Nibiru beschlossen, ihre gegen die Weltraumkälte schlechter werdende Atmosphäre mit Gold in Nanostrukturen als Schwebstoff von der Erde aufzubessern. Es ging aber nicht so richtig vorwärts. Hier half ein Zufall weiter.

Wie schon mal erwähnt – es waren vor 450.000 Jahren „Wahlen" auf Nibiru und der noch amtierende König Alalu flüchtete mit seinem Königsschiff (vgl. Air Force 1). Er schlug den Weg zur Erde ein und schoss Atomraketen ab, um gut durch den Asteroidengürtel zu kommen. Nach einer zusätzlichen Erdumrundung wasserte er im Persischen Golf. Er hatte noch 7 Atomraketen an Bord.
Hinweis: Das Raumschiff war so konstruiert, dass es ein Mann über mehrere 100 Millionen km allein fliegen konnte, mindestens 3 AE.
Nachdem er sich ausgeruht hatte, begann er seine Forschungen und stellte fest:
- er braucht keine Adlermaske (Atemgerät) und kann so atmen
- das Wasser ist trinkbar
- Tiere und Pflanzen sind essbar
- das Wasser enthält Gold in Spuren!
Das war die wichtigste Information für ihn, da das eine frohe Botschaft für Nibiru war. Per Funk (Sprecher) wurden die Informationen ausgetauscht. Auf Nibiru beschloss man, in gut 1 Schar (3600 Erdenjahren) eine Delegation von 50 Mann mit Technik zur Erde zu schicken. Der ehemalige König war nun für über 3600 Jahre das einzige höhere Lebewesen auf der Erde! Der Vormensch Homo erectus lebte im Süden Afrikas, s. Kap. 18.

Die Anunnaki als Goldgräber

Primär drehte sich ihr ganzer Einsatz auf der Erde um die Gewinnung von Gold. Dabei kam es auch zu Problemen. Diese wurden eindeutig in den Keilschrifttafeln nachgewiesen. Die vorletzte Goldfracht nahm König Anu im Jahr 3760 v. Chr. aus Peru (lange Start-Bahn, hatte sein Enkel Ninurta gebaut) mit zum Nibiru, der zu dieser Zeit nahe seinem Perihel oberhalb des Asteroidengürtel war, vgl. Bilder 4.2, 3.1.

Die vermutlich letzte Goldfracht wurde zur Zeit Ezechiels um 560 v. Chr. zum Nibiru mit den Anunnaki (alle?) transportiert. Und so wurden viele Tonnen Gold besonders im Süden Afrikas und am Titicaca-See bergmännisch abgebaut, verarbeitet und mit Raketen zum Nibiru transportiert.

Goldabbau – ein Vergleich

Das Witwatersrand-Goldfeld in Südafrika ist mit Abstand das größte der Welt und hat in unsere Zeit mehr als 40.000 t Gold geliefert. Ob die Anunnaki auch hier in großer Tiefe oder nur flache kleinere Gruben abbauten – zumindest am Anfang, ist so nicht ganz klar, ist auch hier nicht so wichtig. Fakt ist, sie haben bergmännisch Gold abgebaut und in einer Aufbereitungsstation im Zweistromland so aufbereitet, dass reines Gold zum Nibiru geliefert werden konnte.

Heute werden um 2500 t Gold jährlich weltweit gefördert, Südafrika allein 40% = 1000 t davon (Zahlen schwanken). Die Anunnaki bauten vorwiegend das Gold im Süden Afrikas ab und später am Titicaca-See in Südamerika. Sie flogen es tonnenweise alle 3600 Jahre zum Nibiru. So gesehen sind es um 125 Flüge gewesen. Wenn sie jedesmal um 100 t mitgenommen haben käme das einem Export von heute insgesamt fünf Jahresproduktionen gleich, aber eher mehr. Und alles wurde weitestgehend in Nanostrukturen im wahrsten Sinn des Wortes auf Nibiru „in die Luft geblasen" - so die Überlieferungen.

10. Das Volk der Sumerer

Entdeckung und Schlussfolgerungen

1686 entdeckte der deutsche Arzt und Universalgelehrte Engelhard Kämpfer in den Ruinen von Persepolis (Iran) die ersten Keilschrifttafeln, die er nicht einordnen konnte. Erst 1835 wurde durch den britischen Offizier und Orientalisten Henry Rawlinson eine dreisprachige Inschrift (altpersisch, elamitisch, akkadisch) an einer Felswand in der Nähe des persischen Dorfes Bisitun zum Schlüsselerlebnis. Akkadisch gilt nun wieder (rückwärts gesehen) als Wurzel aller semitischen Sprachen. Für die Übersetzung der ägyptischen Hieroglyphen gab es auch so einen „Dreisprachen-Stein" - nur deutlich kleiner.
Henry Austen Layard entdeckte 1840 bei Ausgrabungen am Tigris unter dem Hügel „Birs Nimrud" den „Anfang" des assyrischen Reiches. In Ninive wurde die Bibliothek des Königs Assurbanipal mit über 25.000 Tontafeln (7. vorchr. Jahrhundert) ausgegraben. Sie enthalten Wissen aus jener Zeit und von früher. Der König konnte die Schrift aus Schumer (Land der Wächter), aber auch von vor der Sintflut lesen, ließ er die Nachwelt wissen! Danach gruben die Archäologen alle Städte des biblischen Königs aus. Man kam nach dem Studium der Texte zu dem Schluss, dass dem Akkadischen eine noch ältere Sprache voraus gegangen war. Sie enthielt zunächst wesensfremde wissenschaftliche und religiöse Begriffe. Man konnte die High-Tech-Begriffe der damaligen Zeit nicht zuordnen und obwohl man es heute kann – darf es schulwissenschaftlich und medienoffiziell (noch) nicht sein.

Shumer – Sumer

Ohne Nibiru – kein Sumer. Es lag auch im günstigen Bereich für Starts und Landungen für Flüge innerhalb der Erde und zum Nibiru. Sumer (biblisch Shineár) war das Land, in dem die erste bekannte und fast vollständig in über 70.000 Keilschrifttafeln dokumentierte Zivilisation nach der Sintflut (vor knapp 13.000 Jahren) vor etwa 6.000 Jahren entstanden war.

Sumer bestand etwa 2000 Jahre, Land zwischen Euphrat und Tigris Bild 10.1. Die meisten Veröffentlichungen beginnen bei den Babyloniern. Manche wissen, dass da vorher noch eine (Hoch-)Kultur existierte: Sumer. Aber wer und was war Sumer? Die offiziellen Medien halten sich da lieber raus. Für die Wissenschaft war das Volk der Sumerer plötzlich und unerwartet in die Geschichte getreten.

Verfolgt man verschiedene Erfindungen von vor einigen tausend Jahren – es waren die Ägypter, Babylonier... – aber nie die Sumerer! So können wir ruhigen Gewissens heute sagen: es waren in Wirklichkeit meistens die Sumerer, denn ihre Kultur begann zu Ägypten um 800 Jahre früher – die Hochkultur Babylon folgte Sumer um 50 Jahre später!
Die Sumerer haben allerdings auch hinterlassen, wem sie das Wissen verdanken: ihren Lehrmeistern, den Anunnaki-Göttern! Und das scheint das Problem zu sein. In die Entwicklungsgeschichte der Menschheit, aufgebaut durch die Schulwissenschaft, passen Außerirdische genau so wenig wie Götter. Sitchins 1. Buch „Der zwölfte Planet" kam schon 1977 heraus. Prof. Kramer brachte sein Buch schon 1956 heraus. So

Bild 10.1: Sumer und wichtige Orientierungs-Punkte

gesehen hat die Wissenschaft eine tolle Leistung vollbracht: die Erkenntnisse aus den Keilschriften gehören auch heute noch lange nicht zum Stand der Wissenschaft! Sie mussten, sollten, konnten... sich erfolgreich drücken – und so vorsätzlich den wissenschaftlichen Fortschritt dämpfen, sich selbst schaden!

Im Schriftwechsel mit dem Pergamon-Museum in Berlin schrieb mir Prof. Klengel am 27.10.1999 zu den Sumerern: „Die Entstehung der sumerischen Kultur in Mesopotamien läßt sich heute über die einzelnen Etappen recht gut nachvollziehen, ohne Außerirdische in Anspruch nehmen zu müssen."
Bei Ez 12,2 heißt es: „Diese Leute haben Augen und wollen nicht sehen, haben Ohren und wollen nicht hören!"

Einen interessanten Fall gab es ab 01.04.2010 im Blog: „Goldmine im All?" von Michael Khan. Ein Asteroid sollte Gold haben. Ein Scherz mit (un)erstem Hintergrund. Da hatten sich ja die Anunnaki schon versucht. Den ernsten Hintergrund habe ich kurz erläutert und verglich auch den Giant Impact mit der Himmelsschlacht, vgl. a. Kapitel 18 Thema Mondentstehung.

Professor S. N. Kramer

Er war Sprachwissenschaftler, speziell Sumerologe und veröffentlichte 1956 sein bedeutendstes Werk „History Begins at Sumer", eine Bestandsaufnahme der sumerischen Aktivitäten, das 1959 in deutsch als „Die Geschichte beginnt mit Sumer" erschien. Er stellte zur Bedeutung fest: „Der Sumerologe ist einer der striktesten Spezialisten in den hochspezialisierten akademischen Weisheitshallen, ein nahezu vollendetes Beispiel für den Mann mit dem größten Wissen im kleinsten Bereich." - „Der Sumerologe ist eher als alle sonstigen Gelehrten und Spezialisten in der Lage, den allgemeinen Hunger des Menschen nach dem Ursprünglichen, nach den Uranfängen, nach den »Erstlingen« in der Geschichte der Zivilisation zu stillen." Das soll mit diesem Buch auch belegt werden. Bild 10.2 zeigt handliche Keilschriften aus dem Pergamon Museum in Berlin.

Der größte Einzelfund von Keilschriften wurde in Ninive gemacht, der ehemaligen Bibliothek des Königs Assurbanipal ~(689 – 626 v. Chr.), der alles was er zu seiner Zeit an Schriften bekommen konnte irgendwie sammelte.

Bild 10.2: Handliche Keilschrifttafeln, Pergamon Museum Berlin

Wir bedauern zwar den Verlust der Bibliothek von Alexandria (bis über mehrere Jahrhunderte nach Chr.), die Erfahrungen, wissenschaftlichen Fakten und Erkenntnisse – nehmen aber von dem fast 2000 Jahre älterem Inhalt der Keilschriften – um 25.000 Stück - aus der Bibliothek des Königs Assurbanipal aus Ninive kaum wissenschaftliche Notiz, zumindest, wenn es um High-Tech geht! Mit anderen Funden gibt es allein über 70.000 sumerische Keilschrifttafeln in verschiedenen Größen und in Verbindung Übersetzungen, Nachbearbeitungen und eigene Schriften aus Folgeländern mit insgesamt über 100.000 Schrifttafeln.

Zum Inhalt und Umfang gibt es ein „schönes" Vergleichsbeispiel: medienoffiziell ist aus dem Bestand nur ein Buch veröffentlicht worden: das Gilgamesch Epos – und das schon vor über 80 Jahren. Es besteht aus 12 Tafeln – und das sind bei Reclam etwa 100 Seiten. Manchmal gewinnt man heute den Eindruck: sollte es heute erstmals erscheinen – es käme gar nicht erst heraus! Im ZDF waren es nur noch 11 und bei Wikipedia fand ich, dass die 12. Tafel neueren Datums sei.

Die Sumerer hatten Lehrmeister, die vom medienoffiziell totgeschwiegenen und wissenschaftlich rausgerechneten Planeten Nibiru kamen.

Die über 25.000 Tontafeln umfassende Tontafelbibliothek des Königs Assurbanipal in Ninive war einst die bedeutendste Schriftensammlung des Alten Orients. Sie gehört zu den bedeutendsten Funden der Assyriologie, aus der man ein immenses Wissen über die Kulturen des alten Mesopotamien, besonders aus babylonisch-assyrischen Literaturdenkmälern schöpfen kann. Dieser Bestand lieferte einen großen Beitrag zur Entzifferung der Keilschriften.
Es handelt sich um die bedeutendste Sammlung, die heute zum größten Teil im Britischen Museum in London gelagert ist.
Die vom König Assurbanipal zusammengetragene Sammlung von Keilschrifttafeln umfasste didaktische, literarische, technische und religiöse Texte.

In seinem Buch schilderte Prof. Kramer auch die Mühsal, die vielen Tafel und Bruchstücke aus den verschiedenen Museen der Welt zu systhematisieren. Sein Buch erschien vor über 50 Jahren – und Computer – waren noch nicht einmal dafür in Aussicht.
Er bringt viele Geschichten, wie sich die „Götter" um die Menschen „gekümmert" haben, wie Probleme wechselseitig aufkamen, zu Konflikten führten aber auch gelöst wurden. Was die Sumerer alles kannten, hatten, sollen die folgenden Übersichten zeigen.
Ein Kenner der Keilschrifttafelinhalte, der amerikanische Assyriologe Prof. Marvin A. Powell sagte dazu..., s. Einleitung.
Und weil das so ist, muss „gerettet" werden, was zu retten geht. Auch wenn die Schulwissenschaft es nicht begründen kann, tritt sie vielseitig dagegen auf! Beispiele werden angeführt.

Was die Sumerer kannten

Die sumerische Kultur wurde von den Anunnaki/Nefilim entwickelt und sie schufen eine im Laufe der Zeit auch noch heute durchaus mustergültige Gesellschaftsstruktur. Diese Informationen enthalten Angaben aus verschiedenen Quellen (ohne Reihenfolgewertung) über:

* philosophische und theologische Anschauungen
* „Mythen" aus der Vorzeit und die Schöpfungsgeschichte, die die Bibel bestätigen
* die Kultur im Zweistromland
* Geschichten der Königshäuser und des Landes
* Heirats- und Erbschaftsprotokolle
* höfische Anordnungen
* Handelsverträge
* Gesetze
* Kriegsberichte
* medizinische Verordnungen
* Liebeslieder und -gedichte
* historische Abläufe.

Vieles was heute auch Bedeutung für uns hat, gab es schon in Sumer zum erstenmal nach der Sintflut - und wurde dokumentiert:
- Schulen und Universitäten
- Zweikammernparlament
- Priester und Könige
- Räder, Öfen,
- Mediziner und Pharmakologen
- Chirurgie
- Künstler und Handwerker
- Historiker
- Gesetzestexte und Richter
- Sozialreformen
- Gewichte und Maße
- Mathematiker
- Astronomen und Observatorien
- Kaufleute und Karawanenführer
- Agrarwissenschaften
- Bauernkalender
- Musiker und Tänzer

- Kosmogonie (Weltzeugung, Weltentstehung, s. Enuma Elisch)
- Ziegel aus Brennöfen
- hohe Tempel und Paläste
- Sprichwörter und Redensarten
- literarische Debatten
- Bibliothekskatalog
- Lieferschein
- Steuerquittung
- Arbeit für Frauen auf allen Ebenen, Gleichberechtigung
- Suche nach Weltfrieden, Eintracht und dem Menschheitstraum nach Unsterblichkeit, vgl. Gilgamesch Epos.

Das Schreiben nahm seinen Anfang: Keilschrift auf Tontafeln, seit 1840 in Übersetzung, Schwerpunkt ab 1872:
* erstaunliche Geschichten von Göttern und Menschen
* antike Texte werden zunächst als Mythen betrachtet
* Aufzeichnungen von Geschehnissen die so stattgefunden haben
* biblische Schöpfungsgeschichte in Mesopotamien Jahrtausende eher geschrieben.

Ein Werk der Weltliteratur aus jener „Feder" ist das Gilgamesch-Epos. Aus dieser sumerischen Quelle von über 70.000 Keilschrifttafeln geht auch eindeutig hervor, wer die Förderer der Entwicklung waren: Die Anunnaki = Nefilim der Bibel. Sie haben auch eine Königsliste – s. Tafel 6.2 - hinterlassen.

Mathematik

Wir wissen wie wichtig die Mathematik für alle Prozesse heute ist – und wenn es „nur" um die Statistik geht, die auch hochwissenschaftlich ist – ohne „".

Die Sumerer hatten statt unserer 100 die 60. Unsere Mathematiker wissen, dass das eigentlich die bessere „100" ist, da sie mehr Teilungsfaktoren hat. In der folgenden Tafel 10.1 ist das gegenüber gestellt **Dividend** durch **Divisor** gleich *Quotient*.

Tafel 10.1:
Teilbarkeit der Zahlen 60 und 100

Divisor	Dividend 60	100
1	60	100
2	30	50
3	20	–
4	15	25
5	12	20
6	10	–
10	6	10
12	5	–
15	4	–
20	3	5
30	2	–

Die 60 (6x10) ist uns ja erhalten geblieben auf der Uhr (60 s = 1 Minute und 60 Minuten = 1 Stunde, aber auch 1 Stunde = 3600 s = 60x60 s; im Kreis (ein Vollkreis hat 6x60° = 360° = 6x6x10).

Eine wichtige Zahl stellt auch der Quotient aus 10 und 6 dar: Es ist der „Goldene Schnitt" (10:6 = 1,667). Er ist mit „verantwortlich" für eine gute Bildkomposition.

Erhalten geblieben ist uns auch die 60 als Zählzahl, früher auch als Schock bekannt. (Daraus leitet sich die Frage ab: Wieviel Nerven hat der Mensch: 59! – Er steht kurz vor dem Schock ;-).) Die 3600 sind ein Schar, eine Angabe die bei uns wohl so nicht bekannt ist, es sei denn in Zusammenhang mit den Sumerern. Der Umlauf des Nibiru (10. Planet, nach einer menschlichen Verwaltungsreform am Himmel 2006 nun der 9.) um die Sonne dauert ein Schar = 3600 Erdenjahre. So wie das Schar für eine Zahl steht, stehen andere Wörter auch für Zahlen – Tafel 10.2, was heute im Allgemeinen ungebräuchlicher geworden ist.

Tafel 10.2: Worte statt Zahlen

Zahl	Wort
6	halbes Dutzend
12	Dutzend
15	Mandel
24	Groß
60	Schock
3600	Schar

So verwundert es eigentlich nicht, dass 60 s eine Minute bilden und 60 Minuten eine Stunde. Dass man das mit 100 auch einführen wollte, sei hier als gescheiterter Versuch erwähnt.

In Wikipedia wird die Frage gestellt: Aber weshalb kamen die Völker zwischen Euphrat und Tigris, im heutigen Irak gelegen, vor 4000 Jahren auf die Idee, den Tag ausgerechnet in 24 Einheiten aufzuteilen?
Aus dem Deutschen Uhrenmuseum in Furtwangen erfährt man http://www.wissenschaft-online.de/artikel/603909: „Die Einteilung der Stunde in 60 Minuten geht auf die Babylonier zurück. Das babylonische Zahlsystem beruhte auf der Zahl 12, die eine religiöse Bedeutung hatte und von der die „60" ein Vielfaches ist. Die ersten schriftlichen Hinweise auf eine Unterteilung der Minute in 60 Sekunden finden sich erst Jahrhunderte danach in spätrömischer Zeit." Da haben wir es wieder mit Babylon! Auf ein Schreiben erhielt ich – „natürlich" keine Antwort!
Jedenfalls haben wir die Zeiteinteilung von den Sumerern übernommen. Dazu lässt sich sagen: Eigentlich waren es die Lehrmeister, die es den Sumerern sagten – und alle Folgevölker haben es aus der Zeit von vor 4.000 – 6.000 Jahren übernommen.

In der Geometrie ist die Zahl der Bogensekunden (bs) in einer Bogenminute, und die Zahl der Bogenminuten in einem Grad auch jeweils 60. Aber weiter geht es: ein gleichschenkliges Dreieck hat 3x60°, ein Vollkreis hat 360° (6x60).

So können wir feststellen, dass in vielerlei Beziehung ein bestimmtes Wissen der Anunnaki vom Nibiru über Sumer – ohne dass wir es wissen – in unser Leben Einzug gehalten hat.

Und die Wissenschaft tut so, als ob sie das alles nicht weiß!

11. Nibiru und die Sintflut

Wendepunkt der Menschheitsgeschichte

Die Menschheit (Homo sapiens) gibt es jetzt seit um 200.000 Jahren, mehrfach wissenschaftlich bestätigt. Sie haben sich vor knapp 100.000 Jahren auf der Welt von Afrika kommend ausgebreitet: Out of Africa. Sie haben gelernt, sich und die Anunnaki zu versorgen. Bisher wurde noch nicht von einer Hochkultur gesprochen, obwohl die Archäologen Fakten nachweisen können, die es eigentlich schulwissenschaftlich nicht geben dürfte, s. Bücher über „Verbotene Archäologie".
Vor über 15.000 Jahren begann eine Warmzeit – heute heißt das Klimawandel. Das Eis begann nach der Eiszeit zu tauen. Auch das Eis am Südpol auf den mehrere 1000 m hohen Bergen wurde erwärmt. Das geschieht wie bei den Gletschern dadurch, dass sich zwischen dunklen bzw. Erdschichten und dem Eis Wasseransammlungen bilden, die in immer größeren Strömen nach unten fließen. Auch der Abgang von Lawinen kann als ein Hilfsbild verwendet werden. Es genügt ein relativ geringer Anlass, um große Massen Eis/Schnee abrutschen zu lassen.
Diese Warmzeit verschlechterte von Jahr zu Jahr die Lebensbedingungen für die Menschen auf der Erde. Das ging soweit, dass der Kanibalismus Einzug hielt, da sonst kaum noch etwas zum Essen da war.
Vor knapp 13.000 Jahren war es wieder Nibiru-Zeit. Seine Bahn hatte sich etwas verändert und er sollte der Erde näher als „normal" 2 AE kommen. Die Anunnaki erkannten die Gefahr, das die Annäherung Nibirus mit seiner Gravitation das gelockerte Eis am Südpol zum Abstürzen bringen wird.
Die Anziehungskraft Nibirus (Sumer Netzkraft) ließ große Stücke ins Meer gleiten und löste so einen Megatsunami aus und damit die Sintflut.

Während Enlil für die Vernichtung des Lebens auf der Erde war, hat sein Halbruder Ea/Enki, Schöpfer der Menschen die Aktion Arche organisiert. Allen war klar: Die Sintflut vermindern oder gar verhindern - das konnten sie nicht. Im Endergebnis war die Sintflut ein unabwendbarer Höhepunkt einer Kette von Ereignissen vor knapp 13.000 Jahren und davor.

Die Arche

Ea/Enki hatte klare Vorstellungen für den Bau der Arche in Wort und Bild vorgegeben. Es war ein Überlebenskasten mit einer seitlichen Tür und oben angeordneter Einstiegsluke – ein U-Boot – und so fuhr es auch aus gutem Grund. Je tiefer ein Boot im Wasser liegt – also am Besten ein U-Boot – um so ruhiger ist es im Boot, was hier wohl auch notwendig war. Ein „normales" Schiff wird immer als Arche angegeben, das sogar beim ZDF hell erleuchtet über den Bildschirm flimmerte. Ein Holländer machte es sich zur Aufgabe, eine schöne 70 m Arche zu bauen und er will damit auf Fahrt gehen. Ein noch größeres Schiff (mit Arche hat das nichts mehr zu tun) ist geplant.

Nun schauen wir uns die Angaben aus der Bibel und dem Gilgamesch Epos an, Tafel 11.1.

Tafel 11.1: Arche-Daten im Vergleich

Parameter	Gilgamesch Epos	Bibel 1 Mo 6,14-16
Initiator:	Ea/Enki	Jahwe
Erbauer:	Utnapischtim	Noach (Noah)
Maße:	l=60m, b=60m, h=60m	l=150m, b=25m, h=15m
Raum:	216.000 m³	56.250 m³
Aufteilung	7 Etagen je 9 Räumen	3-stöckig, einige Räume
Material:	Stämme vom Tischler	Holz
Dichtungsmasse	etwa 500 hl Pech + 1000 hl Erdpech	Pech (Bitumen)

Eigentlich wird hiermit auch klar, dass nur ein rechteckiger Kasten in 5 Tagen (jedenfalls in kurzer Zeit) zu erbauen war und nicht ein Schiff wie wir es kennen!

Im Blog ab 21.03.2010 „...Waren die Außerirdischen schon da? Die Faszination des Paläo-SETI" vom Religionswissenschaftler Dr. Blume mit Bild von E. v. Däniken schreibt er mir: „...Ihre wiederholten Bezüge auf die sumerischen Keilschrifttafeln, lieber Herr Deistung. Seit Jahrzehnten wird an und mit diesen intensiv geforscht und ich kenne keinen ernsthaften Kollegen bzw. keine Kollegin, die die Funde als Belege für außerirdischen Kontakt werten würde." Dürfen sie denn – oder schadet es der Karriere? Zur Arche heißt es: „Lieber Herr Deistung, die Wissenschaft weiß nichts von „einer Arche auf dem Ararat". Es gibt dafür schlicht keine Belege."

Wann fand die Sintflut statt?

Hier gibt es die verschiedensten Zeitangabe, manche Autoren widersprechen sich in verschiedenen Beiträgen sogar selber:
- nach Sumer: vor knapp 13.000 Jahren, schon im Löwenzeitalter um 10.800 v. Chr., vgl. Bild 8.1 Zodiac
- NDR in „Unterwegs am Berg der Arche Noah" – vor etwa 8000 Jahren: Überschwemmung Schwarzes Meer
- www.welt.de in „Die große Flut kam 6300 vor Christus": Überschwemmung Schwarzes Meer
- ZDF in „Die Arche Noah und das Rätsel der Sintflut" vor 7500 Jahren: Überschwemmung Schwarzes Meer
- M. George gibt an: vor 5160 Jahren, weiter wird ein Bereich von 9 Daten der möglichen Jahre aus anderer Literatur zusammengefasst, die alle weit ab sind von der Wahrheit, sie passen dafür zur 6000-Jahre Erde (Kap. 15): von vor 4.288 bis 5.246 Jahren.

Zum Einen kann das schwarze Meer nur einmal überschwemmt worden sein – und zum Anderen schon gar nicht zu verschiedenen Zeiten für den gleichen Anlass – schon eine Unmöglichkeit. Ein Dammbruch am Bosporus hat wohl stattgefunden, die Überschwemmung des Schwarzen Meeres auch – insofern sind die Untersuchungen des Bodens des Scharzen Meeres in Ordnung – die biblische Sintflut war das keinesfalls. Hier sind wohl die Forscher Pitman & Ryan in „Sintflut" zu forsch vorgegangen und wollten ihre Forschungen an der Bibel „aufwerten"! - Ein großer Fehlgriff!

Die Sintflut haben ja vergleichsweise wenig Menschen überlebt. Sie mussten sich danach ja erst vermehren, um die Welt wieder bewohnbar zu machen.

Das ist nun wieder der Aufhänger, dass die 6000-Jahre-Kreationisten keine Angaben gemacht haben, wie sich die Weltbevölkerung in nur knapp 4000 Jahren wieder aufgebaut hat, haben könnte.

Am Tag der Sintflut

Die Arche war fertig, die Beladung geschafft und der Ernst der Lage begann. Der Himmel grollte, der Sturm blies, die Erde bebte, die Anunnaki beobachteten und gaben schließlich Signal - es war soweit. Der Sohn Enkis Ninagal (als Lotze) und Ziusudra/Noah schlossen die Luke der Arche. Die Anunnaki drängten sich zusammen in den „Booten des Himmels" (Raketen) und flogen in den Bereich, wo auch heute Raumschiffe um die Erde kreisen – und sie sahen was passierte. So wuchtig hätten sie sich das nicht vorgestellt!

Was war passiert? Die Anziehungskraft des Nibiru, er kam ja gegenläufig vom Süden, wirkte auf das Eis auf den Bergen am Südpol ein und große Mengen rutschten ins Meer. Bild 11.1 zeigt die Antarktis mit der Stelle des Eisabbruchs, das den Megatsunami auslöste. Von der Hauptrichtung breitete sich die Tsunamiwelle nach allen Seiten aus.

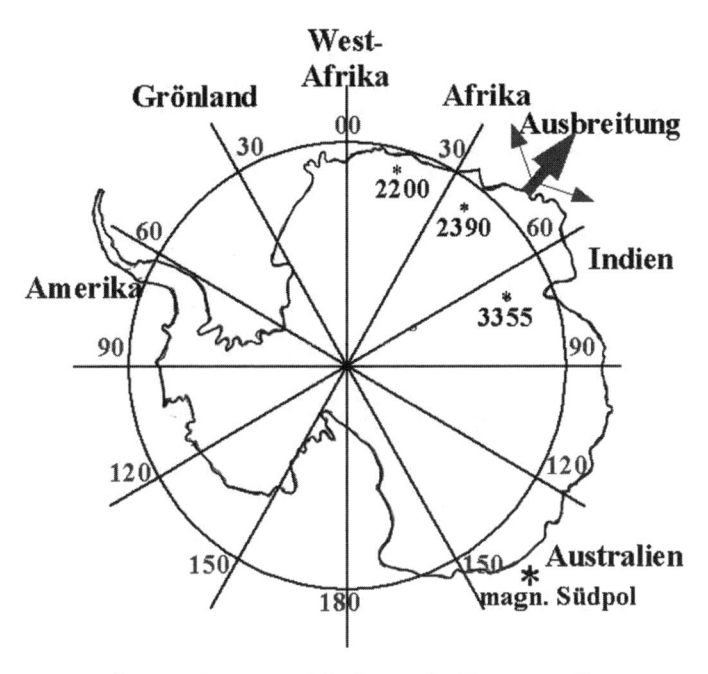

Bild 11.1: Antarktis mit Bergen und Richtung der Tsunamiwellen

Im Bild 11.2 wird die Auslösung des Megatsunamis durch die Verdrängung des Wassers dargestellt. Durch das tiefe Eintauchen der Eismassen wurde eine Menge Wasser verdrängt und türmte sich zunächst nach Norden und die Seiten auf.

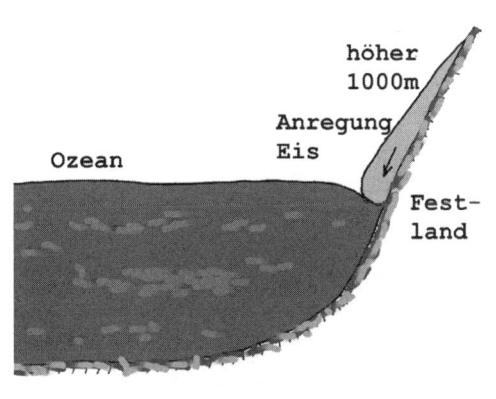

Bild 11.2: Auslösung eines Megatsunami

So entstand eine sehr langwellige Welle mit über 100 km Wellenlänge. Eine „normale" Welle hat einige 10 m Wellenlänge. Auf der anderen Seite wurde das Wasser vom Strand abgesogen, Bild 11.3. Auf dem großen offenen Ozean merkt man nicht viel von der Riesenwelle, die sich mit über 500 km/h im Wasser ausbreitet – dafür um so mehr, wenn sie auf den flachen Strand trifft.

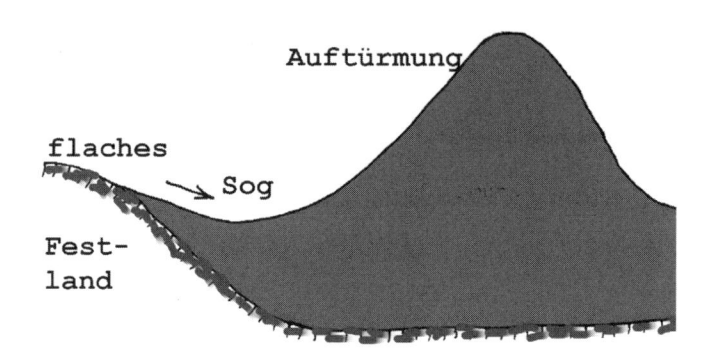

Bild 11.3: Auftürmung der Tsunamiwelle auf dem Meer

Auf der Gegenseite der Anregung entsteht ein großer Sog, das Wasser von der Anregung drängt „nach vorn" und türmt sich am flachen Ufer nicht bloß um hunderte m sondern in diesem Fall sogar wenige 1000 m auf, Bild 11.4.

Bild 11.4: Auftürmung der Wassermassen am flachen Ufer

Und so wurden weite Bereiche der ganze Erde überschwemmt. Je höher die Berge und nördlicher die Bereiche lagen, um so geringer wurden sie zerstört. Wenn die Mammuts in Sibirien noch bis vor 10.000 Jahren überlebt haben sollen (leider noch ein Streitthema), dann war wohl hier der Wirkungsbereich der Sintflut zu Ende.

Die Dauer der Sintflut

Hier finden sich in der Literatur wieder verschiedene Angaben. Wichtig ist aber zu wissen, dass die Annäherung Nibirus jedes Mal mehr oder weniger schlechtes Wetter gebracht hat. So sind fünf Monate in den Keilschrifttafeln angeführt schon mehr als real für die Gesamtwirkung. Die riesige Tsunamiwelle brauchte eine Zeit zum Abklingen und der fast Dauerregen tat ein Übriges dazu. Es ist auch die Zeit des Perihel, der größten Annäherung Nibirus an die Sonne, Erde und Nibiru standen ebenfalls in größter Annäherung, Opposition.

Wie ging es weiter?

Nachdem sich eine Beruhigung abgezeichnet hatte, steuerte der Lotze die Arche mittels Segel auf den Ararat. Hierher kamen auch Enki und Enlil vom Himmel, um einen ersten Blick auf die Arche, ihre Mannschaft und die Erde zu werfen.
Sie stellten fest, dass die Erde wieder zu nutzen war – sie brauchten aber dazu auch die Menschen. Die anderen Anunnaki flogen zu ihrem früheren Landeplatz Baalbek in den Bergen des heutigen Libanon. Hier musste auch „aufgeräumt" werden, um ihn für die folgenden Jahre bis zum Bau einer neuen Basis auf Sinai nutzen zu können.

Für den gezielten Neubeginn für Pflanzen und Tiere gab es neben den Tieren in der Arche auch Samenspeicher die es gestatteten, weibliche Tiere, die in der Mehrzahl waren, künstlich zu befruchten, so wie wir das heute auch machen.
Hinzu kam, das die Anunnaki in den Bergen einen Speicher angelegt hatten. Hier hatten sie nicht nur irdische sondern auch Bestände vom Nibiru eingelagert, die nun zum Einsatz kamen. Ihn können wir mit der „Arche Noah im Eis" vergleichen; die Medien berichteten im Februar 2006 darüber.

Wasser-Tiere und -Pflanzen hatten ausreichend überlebt. Die noch natürlich verteilten Samen konnten keimen und in der feuchten Erde wie nach einem Regenguss in der Wüste aufgehen. Für den gezielten Neustart der Landpflanzen und Tiere sorgten die vorher angelegten Bestände.
Es war auch klar, dass kaum noch etwas von Menschen und Anunnaki Geschaffenes auf der Erde verwendungsfähig war. In vielen hohen Bergen konnten Menschen und Tiere überleben, sie waren aber auch nur wenige. Hier musste sich die gesamte Menschheit wieder neu aufbauen – und das brauchte auch Zeit.

Sintflut – und die Entwicklung der neuen Menschheit

So wäre in einer Sintflutzeit – weniger als vor 5000 Jahren - es gar nicht möglich, die Reproduktion der Menschen zu realisieren. Aber das betrachten die Vertreter einer jungen 6000 Jahre alten Erde überhaupt nicht! Mir ist auch nicht bekannt, dass dazu irgendeine sinnvolle Rechnung veröffentlicht wurde.

In der Literatur fand ich 2 Zahlen, zum Einen, dass vor 10.000 - 12.000 Jahren eine umstrittene Weltbevölkerung von 5 Millionen Menschen existierte. Das wird geschätzt, hochgerechnet oder/und aus modernen Statistiken rückgerechnet. Zum Anderen wurden vor 12.000 Jahren eine Weltbevölkerung von 5-10

Millionen Menschen angegeben. Man geht von Adam und Eva (aber wann war das offiziell?) auf heute über 6 Mrd Menschen aus. Im Jahr 1 u. Z. lebten etwa 200 – 400 Millionen. Wie sollte das in gut 2000 Jahren bei den „6000 Jahre Erde Spezialisten" überhaupt möglich sein? Wir sehen also, dass diese Leute weder die Zeit von Adam und Eva (vor um 200.000 Jahren) noch die der Sintflut (vor knapp 13.000 Jahren) wissenschaftlich kennen/kennen wollen – und schon gar nicht an ihre Berücksichtigung denken.

Wie vorgehen? Man müsste also um vor 13.000 Jahren nach der Sintflut mit Berücksichtigung von Bergvölkern vielleicht von um 10.000 Menschen ausgehen (~1/1000 von 10.000.000), die die Basis für die neue Weltbevölkerung bildeten. Hier wären die entsprechenden Fachleute gefragt! Wie reell wäre das Wachstum in der Zeit nach der Sintflut vor 12800 bzw. 4500 Jahren? Aber: um vor 4500 Jahren waren sowohl Sumer, Ägypten und Indien Hochkulturen – hier gab es keine Sintflutmeldung.

Für die Menschheitsentwicklung habe ich ein Diagramm von vor 16.000 Jahren bis heute erstellt Bild 11.5. Die Jahre sind linear dargestellt, für die Bevölkerung erwies sich die logarithmische Darstellung als sinnvoll.

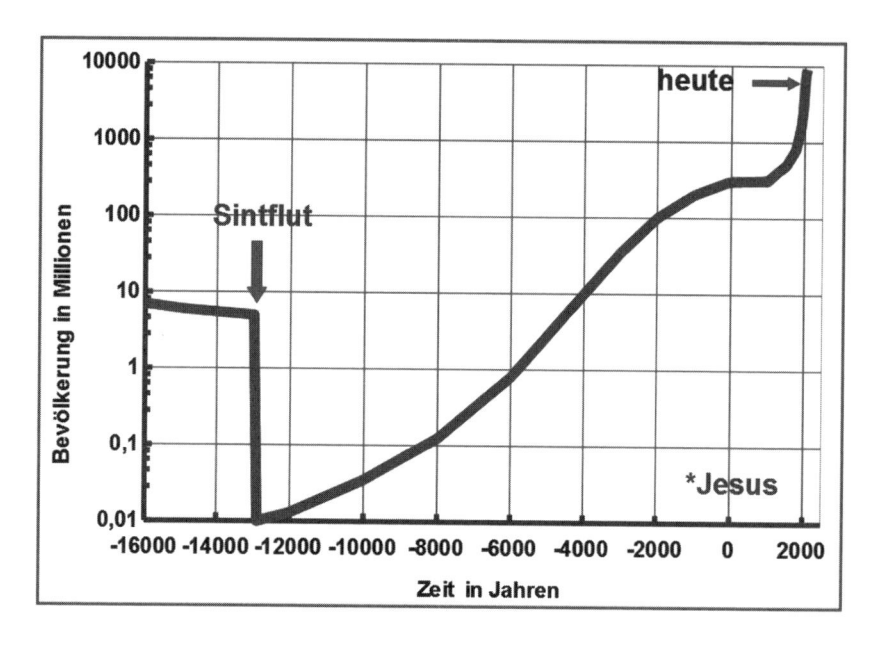

Bild 11.5: Entwicklung der Weltbevölkerung unter Einbeziehung
  der Sintflut vor knapp 13.000 Jahren über 18.000 Jahre

Die Weltbevölkerung hat sich vor der Sintflut im Bereich der großen Trockenheit reduziert, was im Bild 11.5 mit angedeutet wurde.

12. Atomwaffeneinsatz

Erste Information

Wie wir schon erfuhren, hatte der abgesetzte König Alalu bei seiner Flucht auch Atomraketen an Bord. Damit hatte er sich den Weg durch den Asteroidengürtel frei geschossen.
Das war der Grund für Ea, für seine 1. Mission zur Erde vor 445.000 Jahren, ein neues System zu entwickeln. Er erfand eine Wasserstrahlkanone, die die Aufgabe erfolgreich erfüllte.
Auf der Erde stellte er bei der Untersuchung des Raumschiffes von Alalu (sein Schwiegervater) fest, dass noch 7 Atomraketen (Waffen des Schreckens) an Bord waren. Er lies sie heimlich nach Afrika bringen, um ihren Einsatz zu unterbinden. Vernichtet wurden sie nicht!

Reaktivierung der Atomwaffen und Einsatz

Und so vergingen die Jahrhunderttausende bis ins Jahr 2024 v. Chr. Hier wurden die sieben Atomwaffen wieder reaktiviert und auf höchsten Befehl eingesetzt. Der Beschreibung im Buch Enki nach hatten sie verschiedene Eigenschaften, s. Tafel 12.1.

Tafel 12.1: Bezeichnung und Einsatz der Atomwaffen „Waffen des Schreckens"

Nr.	Bezeichnung	Hinweis/Einsatz gegen
1	die Unerreichte	Stadt
2	lodernde Flamme	H-Bombe (7 Sonnen) Sinai
3	die mit Schrecken vorbricht	Stadt
4	Bergschmelzer	Bohrerbombe Berg Maschu
5	Wind-der-den-Rand-der-Welt-sucht	Stadt
6	die-nichts-oben-und-nichts-unten-verschont	Stadt
7	Verdampfer-allen-Lebens	Neutronenbombe Stadt

Wissenswert ist für die Atomwissenschaftler, dass es möglich ist, A-Waffen nach so langer Zeit noch zu nutzen. Auf der anderen Seite zeigt es uns, dass **eine hohe Gefahr auch nach Jahren für die Menschheit** davon ausgehen kann (vgl. a. Munition aus den beiden Weltkriegen)!

Biblisch bekannt sind die Einsatzorte Sodom und Gomorra. Aus den sumerischen Aufzeichnungen geht hervor, dass die Zerstörung von Sodom und Gomorra im Jahr 2024 v. Chr. aus der Luft stattfand, Bild 12.1. Die Bibel und die sumerischen Aufzeichnungen laufen konform.

Beschrieben haben die Sumerer diese Geschichte im Erra Epos. Wenn es Feuer und Schwefel regnet, ist es nicht gleichbedeutend mit 1 Mo 19,25: „Und kehrte die Städte um und die ganze Gegend und alle Einwohner der Städte und was auf dem Lande gewachsen war." Hier waren weitere Kräfte am Werk, die wir u. a. von Hiroschima und Nagasaki kennen.

Lots Weib erstarrte so auch nicht zur Salzsäule, sondern verdampfte durch die Hitzewelle. Das Ursprungswort hat - wie viele andere Worte auch - mehrere Bedeutungen und nur im Zusammenhang wird die jeweilige Version der Übersetzung verständlich.

Bild 12.1: Totes Meer, Südteil mit Lage der überschwemmten Städte

Das Hochplateau auf Sinai

Nicht in der Bibel genannt sind weitere Einsatzorte von Atomwaffen. Sitchin schreibt von insgesamt 5 zerstörten Städten und dem Hochplateau von Sinai. Hier wurde in einem Familienstreit der „Platz der Himmlischen Barken" auf höchsten Befehl – auch hier gab König Anu die verantwortliche „Unterschrift" - mit 2 weiteren Atomraketen zerstört. Was nicht bedacht wurde war ein möglicher aufkommender Westwind, der die radioaktive Wolke über Sumer wehte – und so das Leben weitestgehend auslöschte. Ea/Enki versuchte zu retten, was zu retten war. Etliche konnten rechtzeitig noch auswandern und schufen neue Zentren kultivierten Lebens.

Verantwortlich für die Ausführung der Kernwaffenschläge war Ninurta, Sohn Enlils, Assistent war Erra, Sohn Enkis. Aus der Geschichte wissen wir auch, dass die sumerische Hochkultur nach knapp 2000 Jahren unterging. Das war eine Folge der atomaren Wolke, die der Westwind nach Sumer trieb, Bild 12.2.

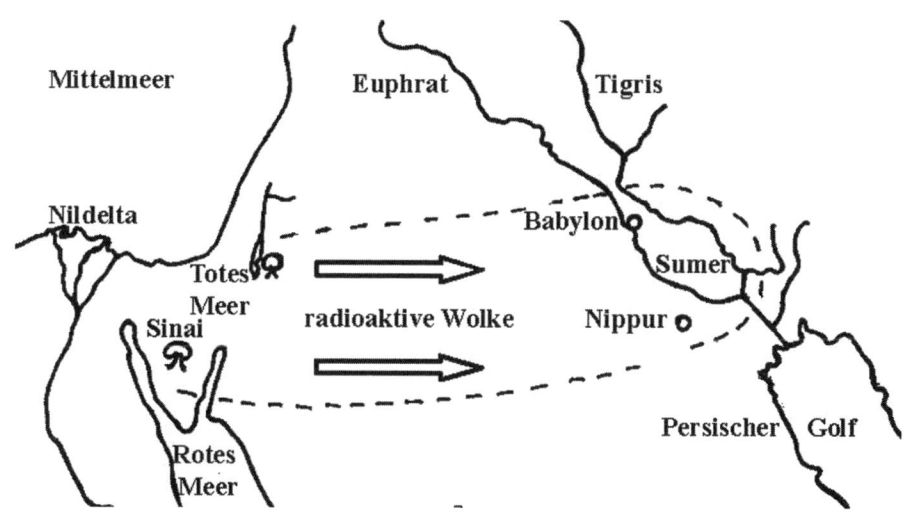

Bild 12.2: Atomwaffeneinsatz und Wirkungsbereich

Tschernobyl und atomare Versuchsfelder sowie Hiroshima und Nagasaki - liefern „aktuelle" Vergleichsbilder. Schulwissenschaftlich kann es so nicht gewesen sein! Da werden Erdbeben, aufgebrochene Gasquellen... u. a. in Fernsehsendungen dargestellt.

Nach 7 Jahren begann sich langsam das Leben wieder zu entwikkeln, nach 70 Jahren war an alter Stelle Babylon eine Hochkultur.
Dass sich nach einem A-Bomben-Einsatz das Leben wieder entwickeln kann beweisen (leider oder Gott sei Dank) auch Hiroshima und Nagasaki.

Erra-Epos

Erra/Nergal war ein Sohn Enkis. Das Erra Epos (5 Keilschrifttafeln) habe ich noch nirgends veröffentlicht gefunden. Im I-net gibt es verschiedene Hinweise, so ist nur eine kurze Einsicht möglich. Das Erra Epos schildert als sumerischer Bericht die atomare Vernichtung Sodom und Gomorras. Es heißt dementsprechend: „Ihre Seelen wurden zu Dunst".
Es gibt auch einen assyrischen Text in Fragmenten von 5 Keilschrifttafeln aus der Bibliothek des Königs Asurbanipal in Ninive. (Vergleichsweise: das Gilgamesch Epos sind 12 Keilschrifttafeln). Die Worte im Erraepos und der Bibel über Sodom und Gomorra sind vergleichbar.
Sitchin weist in „Das erste Zeitalter" weitere Texte nach, die sowohl die Vorgänge um Sodom und Gomorra beschreiben als auch geschichtliche Hintergründe schildern.

13. Das Enuma Elisch und die Genesis der Bibel

Enuma Elisch

Es ist ein wissenschaftlich und medienoffiziell nicht unterstütztes Werk der Sumerer, das bisher als babylonisches Schöpfungsepos gefunden wurde, aber sumerischen Ursprungs ist. Als Marduk in Babylon der Hauptgott war, ließ er es zu feierlichen Anlässen verlesen. Hier betont Herr Sitchin, dass Marduk aus persönlichen Gründen alle Fakten auf sich hat schreiben lassen, die im Sumerischen auf mehrere Anunnaki-Götter verteilt waren. Er war z. B. an der Schaffung des Menschen nicht beteiligt.

Vielleicht war das auch ein Grundstein zur Eingott-Religion. Die Anunnaki-Götter waren ja viele und ihre Anhänger haben auch schon mal gegeneinander Krieg geführt. So wäre es sinnvoll, nur einen Gott zu haben, um mehr Frieden unter seinen Anhängern zu halten. Heute haben mehrere Religionen einen Gott, sind aber aus machtpolitischen Gründen zerstritten. Sogar innerhalb dieser Religion gibt es unterschiedliche Richtungen: Christen sind katholisch oder evangelisch – ein gemeinsames Abendmahl zur Ökumäne wurde von katholischer Seite in Berlin 2003 und München 2010 verboten. Vergleichbare Unterschiede gibt es in anderen Religionen auch.

Das Enuma Elisch ist das Schöpfungsepos unseres Sonnensystems und der Menschheit, das in der babylonischen Fassung mit 7 Keilschrifttafeln vorliegt.
Als erstes entstand die Sonne und im Laufe der Zeit bildeten sich die Planeten und stellten zunächst ein instabiles System dar. Nachdem gut 1/2 Milliarde Jahre vergangen waren, kam ein „Wanderer" aus den Weiten des Weltraumes in die Nähe unseres Sonnensystems und begann die Himmelskörper - einige Monde und Planeten - neu „aufzumischen". Die Masse des Sonnensystem zog ihn an, ihn der selber noch formbar war. Er

bog gegenläufig zu unseren Planeten ein – und war in unserem Sonnensystem gefangen. Die „Himmelsschlacht" ist im Kapitel 2 beschrieben.

Hier der grobe Tafelinhalt:
Die Tafeln 1-3 sind eine Literarische Bearbeitung des physikalischen Vorgangs der Planetenbildung. Hier wird Mond Kingu besonders hervorgehoben – eigentlich spielt er während des ganzen Prozesses gar keine Rolle. Als der damals schon größte Mond Tiamats wird er hier mit Würde versehen. Er wurde in die Reihe der Planeten-Götter aufgenommen und ist so ein „Familienmitglied" des 12er Sonnensystems – kein anderer Mond erhielt diese Würde!

1. Tafel: Am Anfang gab es weder Himmel noch Erde, Planetenbildung
2. Tafel: Tiamat kündigt Ea den Kampf an, Tafeln 2+3 unvollständig, wird ergänzt
3. Tafel: Besitz der Schicksalstafeln, Datenspeicher (vgl. CD...)
4. Tafel: Marduk, der Götterrat und Tiamat; die Götter bestimmen das Schicksal des Marduk (als Nibiru), dieser gibt einen Beweis seiner Zaubermacht
5. Tafel: Neuordnung des Sonnensystems, beinhaltet die Veränderung, die Marduk (als Nibiru) mit Tiamat in den ersten Umläufen geschaffen hat; hier schreibt sich Marduk im gewissen Sinn persönlich die Veränderungen zu
6. Tafel: Entstehung des Menschen, es geht um den Homosapiens. Verantwortlich war Ea/Enki unter Mitarbeit seiner Halbschwester Ninki als Hebamme der Götter, Chefmedizinerin, seiner Frau Damkina/Ninti sowie ihres Sohnes Ningischzidda. Hier hat sich Marduk auch als Führungsperson eingetragen

7. Tafel: Ehrung Marduk: Aufzählung der Würden Marduks; würdigt Marduks Leistung, die er so nicht alle vollbracht hat, haben kann. Beziehen wir das auf die Form des Monotheismus – so geht das in Ordnung.

In einigen Bildern bei Sitchin ist Marduk an die Planetenbahn Nibirus geschrieben. Es geht nun mit Sicherheit darum, dass der Planet Marduk (Nibiru) das Sonnensystem beherrscht, stabilisiert hat. Denn seit seinem Eintritt ins Sonnensystem hat es nach den ersten 2 Runden keine wesentlichen Veränderungen mehr gegeben. Alle Planetenbahnen sind nach GS stabil und harmonisieren – ein „eingeschwungenes" System.
Und heute sind ja schließlich die Leistungen aller Anunnaki-Götter auf einen Gott konzentriert: Urgottvater, ein Gott, den auch die Anunnaki verehrten.

Das Enuma Elisch und die Genesis

Je nachdem wo man anfängt – Genesis (AT) oder Enuma Elisch – man findet gut Vergleichbares. Ähnlich ging es dem Autodidakten G. Smith, als er 1872 begann, die ersten Keilschriften zu übersetzen und damit der Schulwissenschaft zeigte wie es geht. Er stieß auf die Problematik Arche, nur dass hier Noah Utnapischtim hieß - es war ein Teil des Gilgamesch Epos.
Bis heute haben die Sprachwissenschaftler über 80% der Keilschrifttexte übersetzt – nun hat die Schulwissenschaft ein Problem – sie will sich nicht damit befassen – oder vgl. Zitat Klengel, die Götter werden außen vorgelassen. Dabei waren sie verantwortlich sowohl für die High-Tech-Informationen in den Keilschriften aber auch für die Grundlagen der Religion.
Herr Sitchin arbeitet heraus, dass die Reihenfolge der Entwicklung des Lebens auf der Erde (halber Tiamat) hier in der Genesis folgerichtig – wissenschaftlich - aufgelistet wurde. Und so über-

gab schließlich Gott die Verantwortung an den Menschen 1 Mo 1,28: „Seid fruchtbar und mehret euch und füllet die Erde und machet sie euch untertan und herrschet über die Fische im Meer und über die Vögel unter dem Himmel und über das Vieh und über alles Getier, das auf Erden kriecht." Er hat nicht gesagt, dass wir sie kaputtmachen sollen. Beherrschen ist ein hoher sozialer und wissenschaftlicher Anspruch, dem wir trotz Erkenntnissen noch zu zaghaft nachkommen (Abholzung, Umweltvergiftung… sind gegenindiziert)!

Die Medien und das Enuma Elisch

Ohne sich mit der Gesamtmaterie befasst zu haben, ist es schwer, das Enuma Elisch zu verstehen und besonders die Himmelsschlacht. Hier hatte sich P.M. versucht – und ist kläglich gescheitert: „Das »Enuma Elisch« ist letztlich eine Geschichte voll Mord und Totschlag, Intrigen und verzwickten Liebesbeziehungen, bis schließlich die Menschheit aus dem Blut des Gottes Kingu erschaffen wird und ein Obergott namens Marduk die Macht ergreift, um über die Götterwelt und die Menschen zu herrschen." Auf ein mehrfaches Korrekturangebot haben sie nicht geantwortet.
Mir schrieb man aus dem Spektrum Verlag: „Leider können wir auch dieses Thema nicht bei Spektrum veröffentlichen, denn es handelt sich bei Enuma Elisch ja um ein Epos aus dem Gebiet der Theologie. Und Sie als Spektrum-Leser wissen ja, dass Spektrum aus Forschung, Wissenschaft und Technik berichtet." Es war eine von vielen Absagen. Und sie haben regelmäßig religiöse Themen behandelt, meist in Form von Gesprächen und Interviews.
Die Uni Duisburg-Essen lehrt vom Enuma Elisch: „Marduk schafft den Menschen".

Fragen an Fernsehautoren ob sie bei dem Thema auch auf Informationen aus Sumer zurückgegriffen haben – wurden wenn, dann mit nein beantwortet.

Weitere Epen aus Sumer

Aus der Menge Keilschrifttafeln mussten die Sprach-Wissenschaftler in meist mühseliger Kleinarbeit zunächst optisch – bei Tafelteilen – die Teile zusammenfügen, Katalogisieren. Bruchstücke, die so nicht zusammen passten, wurden später übersetzt, um dann über eine Ordnung mögliche zusammenhängende Textteile einem Thema zuzuordnen. Computer konnten nur teilweise die Arbeit im Nachhinein erleichtern. Die Bilder 13.1 und 13.2 zeigen Keilschriften aus dem Pergamon Museum, Berlin.

Bild 13.1: Bebilderte Keilschrifttafel

Atra-Hassis – andere Namen der Person: Utnapischtim, Noah – also der Held der Sintflut.
Gilgamesch Epos – es ist das einzige Epos, das als Buch erschien. Es wurde immer wieder mal überarbeitet, ergänzt und erschien in einer neuen Ausgabe z. B. von Prof. Maul.

Erra Epos – es befasst sich mit Sodom und Gomorra. Hier im Erra Epos werden „Waffen des Schreckens" einsetzt – sie können nicht von dieser Erde kommen. Es sind Atomraketen eingesetzt worden, die schon über 450.000 Jahre alt waren.
E. v. Däniken und andere Autoren haben einen solchen Einsatz erwähnt – die Reaktion dagegen war heftig. Das Raumschiff in Ez 1,4-28 wurde heftig widerlegt, wie auch der zugehörige Tempel als Wartungsbasis, eine Rekonstruktion des deutschen Ing. Beier.

Das Raumschiff rekonstruierte aber schon 1902 der Reverent B. Cannon. Damals war E. v. Däniken noch gar nicht geboren! Das soll nicht so an die große Glocke gebracht werden!
Mit High-Tech begann Josef F. Blumrich eine neue Rekonstruktion mit dem Wissen als Konstrukteur in Sachen Flug- und Raumtechnik der NASA! Im Jahr 2008 wurde im Blog des Spektrum Verlages dagegen diskutiert: „UFOs entstehen im Hirn".
Entweder will man sich nicht mit der Religion anlegen – oder die Wissenschaft fürchtet, dass der Nachweis erbracht wird, dass sie uns seit Jahrzehnten mit – „Wir sind allein im All" - falsch informiert, denn wir sind nicht einmal in unserem Sonnensystem allein!

Bild 13.2: Achteckige Säule mit Keilschriften

14. Global Scaling

Einführung

Global Scaling ist eine relativ neue Theorie, entwickelt aus der Praxis unter entscheidender Mitwirkung von Dr. Hartmut Müller seit 30 Jahren. Und wenn etwas neu ist – ist die Schulwissenschaft traditionell erst einmal dagegen!
Bisher zählt Global Scaling offiziell noch nicht zur hohen Wissenschaft – man hält sich sehr reserviert. Und so sind Pionierarbeiten notwendig. Das soll eine Anregung sein, mal etwas über Global Scaling nachzulesen.
Als Ursache für das Global Scaling-Phänomen postulierte Dr. Müller bereits 1982 die Existenz einer globalen stehenden Materie-Kompressionswelle (G-Welle), die mit ihren Schwingungsbäuchen in logarithmisch regelmäßigen Abständen Materie verdrängt und in den Knotenbereichen konzentriert. Die Knoten wirken somit als Materieattraktoren und sind vermutlich die Ursache der Gravitation. Der direkte experimentelle Nachweis der G-Welle gelang 1986.
Zur Aufrechterhaltung dieser dynamischen Ordnung im gesamten „Mikro- und Makrokosmos" muss sie allerdings ständig „von außen" mit Energie versorgt werden. Unser Universum ist nach dieser Theorie ein thermodynamisch offenes System. Der Energieaustausch erfolgt durch Resonanzkopplung in den Knotenbereichen der G-Welle.

Was ist Global Scaling

Global Scaling ist eine umfassende Skalierung unserer Natur und entstand nach Erkenntnissen aus mehreren Forschungsergebnissen und wurde so eindeutig mit dem natürlichen Logarithmus (ln, s. a. Anhang) verbunden.

Bei Global Scaling werden physikalische Parameter (natürlich-) logarithmisch skaliert. Dabei zeigt sich ein 2/3-Muster, Bild 14.1:

– je 2 von 3 Skalenbereichen sind mit Objekten belegt,
– je 1 von 3 Skalenbereichen ist (fast) objektfrei (Lücke).

Der Grund dafür sind Wellen, die beim
– Wellenknoten (Wendestellen) Materie sammeln (Materie-Attraktoren) und
– bei Wellenbäuchen (Extremstellen) Materie abweisen (Materie- Repulsoren).

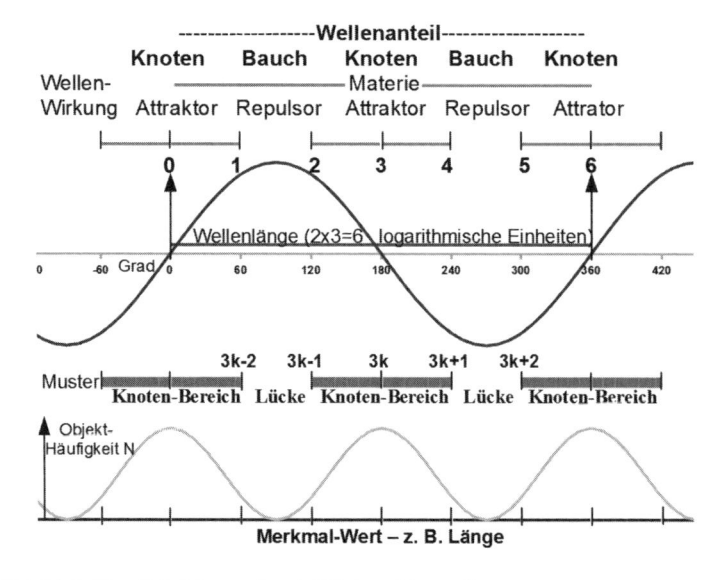

Bild 14.1: Das 2:3-Muster in vielfältiger Darstellung

Im Bild 14.2 werden weitere Zusammenhänge gezeigt. Sowohl die Welle als auch die Komplementärwelle haben ihre Knoten- und Lückenbereiche. Die Welle entspricht dem sin-förmigen und die Komplementärwelle dem cos-fömigen Wellenlauf. Hier entstehen in der Überlappung beider Wellen – wo weder Knoten noch Lückenbereiche sind – die „grünen Bereiche", die der „allgemeinen Verwendung" dienen.

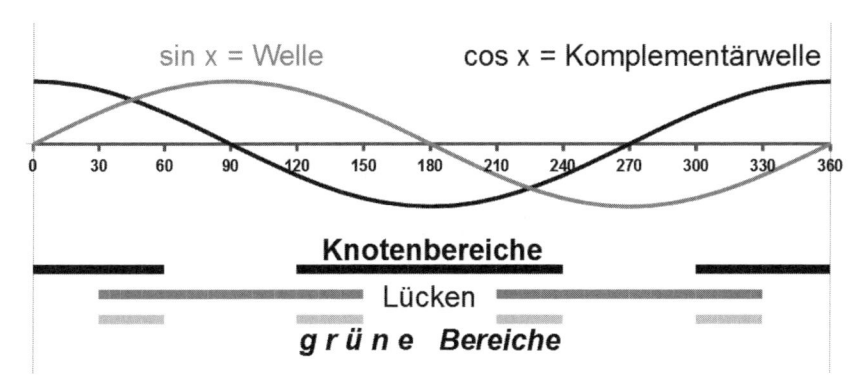

Bild 14.2: Zusammenhang zwischen Welle, Komplementärwelle und den grünen Bereichen

Dieses Global Scaling-System erfasst sowohl die Bereiche kleiner als ein Atom (Photon - Proton) bis hin zum uns bekannten Universum als global wirkendes mit dem ln verbundenes System.
Dr. H. Müller: „Es gibt keine von Menschen entwickelte Technologie, die in der Natur nicht schon bekannt ist und dort in aller Regel intelligenter, effizienter und umweltverträglicher genützt wird." An anderer Stelle heißt es auch: „...eine Melodie der Schöpfung". Die Bionik ist u. a. ein schon wissenschaftlich anerkannter Teilbereich.

Eine Wellensumme

Zur vereinfachten Darstellung habe ich eine Ausgangsfrequenz mit 4 Faktoren verbunden und als Vielfache der Ausgangsfrequenz berechnet; die Amplitude habe ich durch diese Faktoren geteilt. So ergaben sich höhere Frequenzen mit kleineren Amplituden – aber einer Phasenlage. Im Endergebnis habe ich die Amplituden der harmonischen Frequenzen addiert (als Resultierende) und als weitere Kurve in das Bild einbezogen: die große dicke Kurve im Bild 14.3.

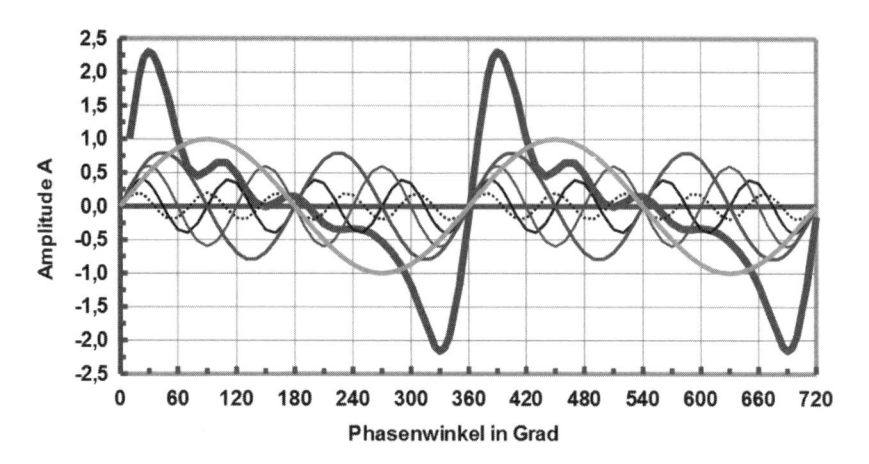

Bild 14.3: Harmonische Wellenbewegung und ihre Zusammenfassung
x-Achse lin in Grad, y-Achse relativ

Es ergeben sich zwei deutliche Extremwerte im Abstand von 360° und die Zwischenbereiche als dritte Zone:

1. bei 180°(±30°) und 540°(±30°) ist die Summenamplitude (dicke Linie) fast Null, Lücke - ereignisarm, eine Zone der Ruhe

2. bei 0° (±30°, + 30° dargestellt) und 360°(±30°) haben wir eine Zone der höchsten Aktivität, Knoten - hohe Ereignisdichte. Wenn es eine gerade gebildete Monsterwelle (bis 30 m) ist – kann es auch Zerstörung bedeuten; im Wellenbad mögen wir diese Welle, na gut, da ist sie auch nicht so hoch.

3. Zwischen diesen beiden Zonen/Bereichen sprechen wir vom „grünen Bereich", eine Übergangszone. In Richtung Knoten kommt es zu einer Kompression (Zunahme) und in Richtung Lücke zu einer Dekompression (Abnahme) der Ereignisdichte, vgl. a. Kurve der Objekthäufigkeit N im Bild 14.1.

Das Prinzip konnten wir hier erkennen: viele Schwingungen können sich überall bilden – und sie reagieren miteinander – auch wenn wir sie weder sehen, fühlen oder spüren können – messen können wir bedeutend mehr – und berechnen auch! Bei dieser einen Phasenlage haben wir eine Periodizität von 360°, wird die Komplementärwelle eingeführt, haben wir eine Periodizität von 180°. Das lässt sich anhand der Bilder 14.1 – 14.3 vergleichen.

Für Global Scaling hat sich nun eine andere Bildform als zweckmäßig erwiesen, Bild 14.4. Hier überlagern sich viele harmonische Wellen und Komplementärwellen. So entstehen neben den Haupt-Knoten und -Lücken viele Sub-Knoten und -Lücken. Zwischen allen gibt es grüne Bereiche. In der Praxis sind meist die Bereiche 1. und 2. Ordnung (Haupt- und Subknoten bzw. -Lücke von Bedeutung).

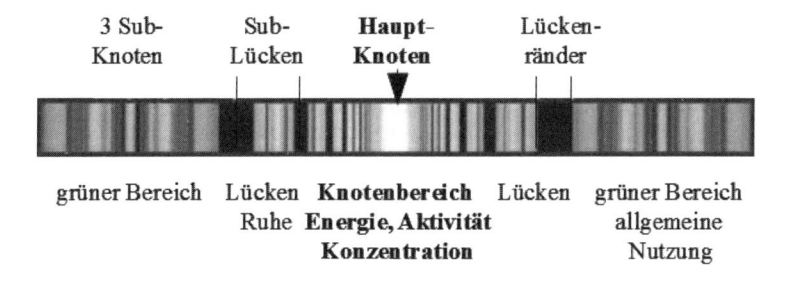

3 Sub-Knoten	Sub-Lücken	**Haupt-Knoten**	Lücken-ränder

| grüner Bereich | Lücken Ruhe | **Knotenbereich** Energie, Aktivität Konzentration | Lücken | grüner Bereich allgemeine Nutzung |

Bild 14.4: Global Scaling-Grundschema, das sich ln-periodisch wiederholt

Global Scaling und unser Sonnensystem

So eine Stabilität unseres Sonnensystems kommt nicht von irgendwo her, sondern hier gibt es eine junge Theorie die das berechnen und erklären kann: Global Scaling. Bei Global Scaling wechseln sich stabile Zonen (der Ruhe) und „instabile" Bereiche - Zone hoher Aktivitäten - über Zwischenbereiche (grüner Bereich) ab. Und so ist der Bereich des Asteroidengürtel stabil

– und er „denkt" nicht daran, sich wieder zu einem Planeten zusammen zu finden. Das sieht die Wissenschaft so noch nicht!

Am 26. Februar 2009 wurde bei „Sterne und Weltraum" online ein interessanter Bericht veröffentlicht: Lücken mit Tücken. Es geht um den Asteroidengürtel – hat aber weitreichendere Bedeutung. Und bei der mathematischen Mond-Entstehungs-Simulation haben sich die Bruchstücke „schnell" zum Mond zusammengefunden – na ja. Diese u. a. Simulationen lassen manchmal mehr Fragen am Himmel offen – als sie klären!
In seinem Buch „Dunkelstern Planet X die Beweise" stellt A. Lloyd viele Fragen zu Lücken, stabilen und instabilen Bereichen und verweist darauf, dass die Wissenschaft (noch) keine Antworten hat.
Geht man mit dem Wissen um Global Scaling an solche Probleme heran – kann man sogar recht genau Werte berechnen, wo man dann staunt, wie gut sich ein Verständnis einstellt. Ein einfaches Beispiel: Der Mond hat 1/81 der Masse der Erde. In der Wertigkeit 3 – 9 – 27 – 81 erhöht sich der „Stabilitätsfaktor"; der Zahl 81 kommt u. a. bei Global Scaling eine herausragende Bedeutung zu. Tafel 14.1 zeigt die Verhältnisse im inneren Sonnensystem anhand der Masse der Himmelskörper.

Tafel 14.1: Masseverhältnisse im inneren Sonnensystem

Hi-Körper	m*10^24 kg	Mo-Faktor	9-Bezug
Erde E	5,9736	81,27	9*9
Venus V	4,8690	66,24	7*9
Mars Ma	0,6419	8,73	1*9
Merkur Me	0,3302	4,49	1/2*9
Mond Mo	0,0735	1	Mo

Gürtel und Ringe im Sonnensystem

Wenn jetzt im Asteroiden- oder dem Kuiper-Gürtel oder den Saturnringen Lücken sind, dann haben die Astronomen (noch) keine Erklärung dafür – aber mit Global Scaling gibt es ein Verständnis!

Sehen wir uns schematische Bilder von Gürteln und Ringen an - wir werden verblüffende Übereinstimmungen finden. Hier ein Beispiel aus dem Asteroidengürtel im Bild 14.5.

Bahnresonanzen

[Diagramm: x-Achse von 2,0 bis 3,3 AE, mit Markierungen 4:1, 7:2, 3:1, 8:3, 5:2, 7:3, 9:4, 2:1]

Entfernung von der Sonne in AE

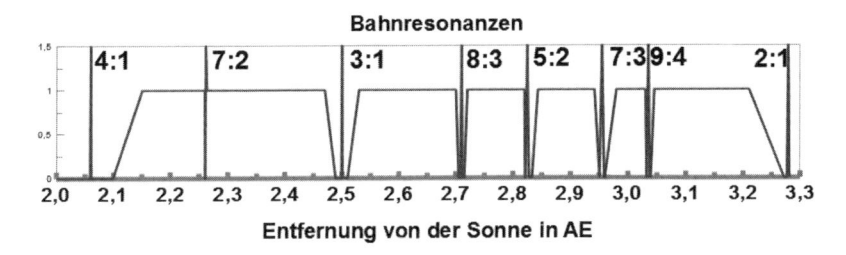

Bild 14.5: Asteroiden-Hauptgürtel mit Bahnresonanzen

Der Asteroidengürtel ist also kein homogener Gürtel, wie ihn zunächst die Wissenschaft erwartet hatte. Es sind mehrere Gürtelbereiche, die durch Frequenzgrenzen getrennt sind. Am rechten und linken Rand sind noch weitere Asteroiden, die ich nicht mehr mit dargestellt habe.

Die Linien mit den Verhältniszahlen im Bild 14.5 markieren auf der x-Achse Entfernungen von der Sonne und die Verhältniszahlen die Bahnresonanz mit Jupiter, dem sich außen anschließenden Planeten, s. Bild 3.7. Dabei gibt die erste Ziffer die Zahl der Asteroidenumläufe (um die Sonne) an, und die zweite die des Planetenumlaufs von Jupiter.

Der Jupiterumlauf um die Sonne von 4.332.589 Tagen wird in Hertz umgerechnet. Der Kehrwert dieser Zeit - in s umgerechnet - ist die Sonnen-Umlauf-Frequenz des Jupiters in Hz:
$f_J = 2{,}67 * 10^{-12}$ $f_J = 2{,}67$ pHz (piko Hertz).

Entsprechend ergeben sich nach Bild 14.5 die in Tafel 14.2 angegebenen Frequenzen für die Lücken zwischen den Ringen. Sie sind und bleiben praktisch asteroidenfrei.

Tafel 14.2: Frequenzen der Asteroidenlücken und ihre Differenzen

Verhältnis	Ringfrequenz in pHz	Differenz-f in pHz	Differenz-Faktor	Welle 0.0 30	Kompl.-Welle 28 – 29
4:1	10,685596	-	-	i = 3	29 Lücke
7:2	9,349897	1,3356995	= 3 x 0,445	i = 2	29 Lücke
3:1	8,014197	1,3356995	= 3 x 0,445	i = 5	29 Lücke
8:3	7,123731	0,8904663	= 2 x 0,445	i = 2	29 Lücke
5:2	6,678498	0,4452332	= 1 x 0,445	i = 3	28 Lücke
7:3	6,233264	0,4452332	= 1 x 0,445	i = 1	28 Lücke
2:1	5,342798	0,8904663	= 2 x 0,445	i = 3	28 Lücke

Interessant sind hier u. a. die Differenzen zwischen den Lückenfrequenzen, die sich als ganzzahlige Vielfache (2 bzw. 3) der Grunddifferenz-Frequenz von 0,445 pHz exakt ergeben. Weitere Berechnungen wurden im Beitrag 1[1)] ausgeführt.
Klar wird hier, dass die weiter außen, also größeren Ringe, langsamer rotieren, was wir auch als logisch empfinden würden.

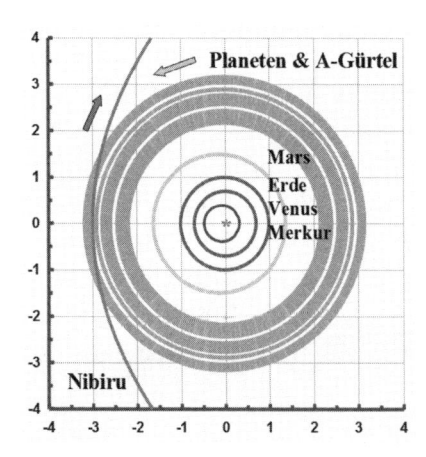

In Bild 14.6 ist der Asteroiden-Hauptgürtel-Bereich dargestellt. Die Lücken sind hier größer gestaltet als sie in der Realität sind – sonst würden sie hier nicht so auffallen.

Bild 14.6: Inneres Sonnensystem mit Asteroiden-Hauptgürtel-Bereich

Vergleiche

Wir haben ja noch mehr Gürtel - z. B. den Kuiper-Gürtel (Pluto gehört bereits mit in diese Entfernung) - wo die Wissenschaft rätselt, wieso sie so stabil sind! Der Kuiper-Gürtel – meist Kui-

---

Fußnote [1)] Deistung, K.: Resonanzen in Gürteln und Ringen.
Magazin 2000plus, 2010/12, Nr. 292, S. 54 – 61

per-Belt-Objekte (KBO) – steht in Resonanz mit dem Planeten Neptun. Die Forscher Kuiper und Belt fanden das vor um 60 Jahren heraus. Im KBO und den Saturnringen könnte man auch vergleichbare Berechnungen wie beim Asteroidengürtel anstellen. Wir haben hier durch die Verbindung unter anderem über die Frequenz stabile Verhältnisse, sozusagen ein eingeschwungenes Gesamtsystem.

In welchem Bereich wir das näher betrachten: Um das System außer Tritt zu bringen, braucht es schon eine Menge Energie. Trotz der Störungen, die es auch mal durch Nibiru gab, kreisen der Asteroidengürtel und andere stabil, ohne wieder ein Himmelskörper zu werden. Die noch vorhandene Masse des Asteroidengürtels – im Laufe der 4 Mrd Jahre gab es immer mal Abgänge - ist deutlich geringer als die unseres Mondes, 5% der Mondmasse ist heute die „gängige" Zahl.

Nun liegt es an den Menschen Global Scaling zu erkennen, wissenschaftlich zu bewerten – und in die Praxis zu überführen! Die logarithmisch regelmäßige Verteilung (Scaling) ließ sich für alle natürlichen stabilen Systeme nachweisen - für lebende Zellen und Organismen genauso wie für Atome, Moleküle, Planeten und Sterne. Dr. Müller prägte daher den Begriff „GlobalScaling".

Ein Vergleich: nehmen wir ein Kreissägeblatt – es ist aus Metall - und wenn es sich dreht, dreht es sich als Ganzes. Nun stellen wir uns vor, dass es aus losen Scheiben besteht. Schon in der 1. Umdrehung drehen sich nicht alle gleich schnell mit. Nun stellen wir uns den Asterioden-Gürtel aus vielen „Teilchen" vor: hier bilden sich Bereiche, die etwa gleich schnell laufen, aber je größer die Durchmesser der Bereiche werden, um so langsamer laufen sie. Nun spielt dabei auch noch die Masse jedes Bereiches eine Rolle. Weiterhin greift die Gravitation des Jupiter auf den A-Gürtel „durch" und synchronisiert den Lauf der einzelnen Ringbereiche.

Da muss es einfach zwischen den Ringen Lücken geben. Wenn jetzt ein Asteroid (bei den Massen) „aus der Reihe tanzt", dann wird er abgebremst – oder beschleunigt und kann den Gürtel verlassen. Dabei kann es passieren, dass er auch in Richtung Erde fliegt.

Was kann Global Scaling?

Nach vorgegebenen Daten kann man mit einem Global Scaling-Rechenprogramm einen Wert berechnen, der in das Global Scaling-Bild 14.4 passt. Die physikalischen Parameter Frequenzen, Durchmesser oder Radien... werden (natürlich) logarithmiert - ln. Dabei zeigt sich (oder auch nicht) das 2/3-Muster aus Knoten, grünen Bereichen und Lücken, s. a. Bilder 14.1 – 14.3.

Umgekehrt ist es auch möglich, für die Gestaltung Größen – u. a. von Stätten, Ställen, Räumen, Frequenzwahl..., die optimalen Werte für den jeweiligen Gebrauch zu ermitteln. So lassen sich auch stabile Systeme von instabilen unterscheiden. Die Schienenbreite hat einen Ruhepol, denn sie sollen halten – im anderen Fall brechen sie öfter. Die Natur bietet jetzt keine Schienen – aber die Breite von 2 angespannten Pferden – natürlich bewährt! Egal wo, das was die Natur geschaffen hat unterliegt einer globalen (allgemeinen) Skalierung. Die Lebewesen erreichen nur bestimmte Größen.

Getriebe aller Arten erzeugen Schwingungen – sie können gut laufen – oder bald zerstört werden. Oft wird Global Scaling indirekt angewendet: es klingt gut, sieht gut aus, Quellen falscher Vibration wurden erkannt und so Brüchen vorgebeugt...
Um Global Scaling regelmäßig anzuwenden ist es sinnvoll, einen Lehrgang zu besuchen. So kann man vor der Erprobung Berechnungen ausführen, die im Endergebnis schneller zum Ziel führen.

Resonanzen

Auf der einen Seite kennen wir sie alle – ohne sie hätten wir weder Radio noch Fernsehen und die Industrie setzt sie auch vielseitig ein. Auf der anderen Seite gibt es auch Bereiche, wo man Resonanzen vermeiden muss: wenn ein Dieselmotor im Standgas läuft und „alles" am Bus klappert, Lautsprecher bestimmte Frequenzen besonders stark wiedergeben... bei Mikrofonübertragung Verstärkeranlagen ins Schwingen (Pfeifen) geraten.
In einigen Bereichen braucht man sehr stabile Frequenzen und setzt Quarze ein. Sie werden elektrisch angeregt und schwingen mechanisch sehr stabil - piezoelektrischer Effekt. In anderen Bereichen benötigt man variable Frequenzen z. B. beim Abstimmen eines Radios mit einer Einknopfabstimmung (UKW, MW), man überstreicht einen ganzen Frequenzbereich. Entscheidende Elemente sind hier abstimmbare Schwingkreise, die den jeweiligen Bandgrenzen angepasst werden.

Den entscheidenden Anschub gab es 1913, als Alexander Meißner den 1. Röhrenoszillator erfand. Nun konnte man jede „beliebige" Frequenz erzeugen, und das Rundfunkwesen blühte in den 20-er Jahren des vergangenen Jahrhunderts auf. Vorher gab es Maschinensender (Prinzip: übergroßer Fahrrad-Dynamo).
Wie gut und stabil ein Schwingkreis ist, hängt von seinen Bauelementen ab. Mechanische Schwingsysteme erweisen sich immer wieder als stabil, die Stimmgabel ist dafür ein preiswertes Beispiel. Durch Ankleben oder Abschleifen kann man die Frequenz prinzipiell verändern. Alles was schwingt, lässt sich in einer Resonanzkurve darstellen.
Sehen wir uns so eine Kurve an, ihre Resonanzfrequenz beträgt z. B. f_0 = 40 Hz, Bild 14.7.

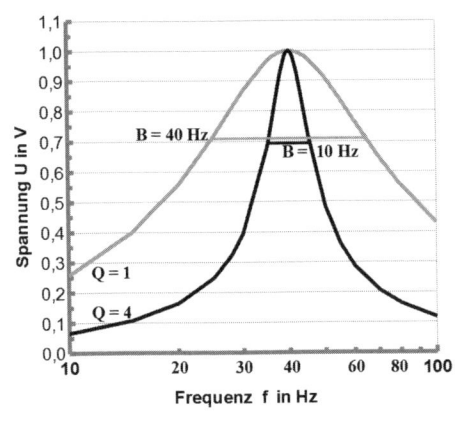

Besseres Material führt zu höheren Güten, hier Q = 4, haben wir schlechteres Material oder Bedingungen ist auch die Güte des Schwingungssystems schlechter, flachere Kurve, hier Q = 1.

Bild 14.7: Zwei Resonanzkurven unterschiedlicher Güte Q (1 und 4), normiert dargestellt, Parallelkreis-Verhalten

> Die höchste Amplitude 1 ist bei der Resonanz-Frequenz f_0 = 40 Hz. Bei Amplitude 0,7 wird die Bandbreite B des Kreises auf der Frequenzachse abgelesen
> - schmal B_s = 10 Hz und
> - breit B_b = 40 Hz.
> Die Güte Q des Kreises ist der Quotient aus f_0 und B, damit
> - Q_s = 40/10 = 4 und
> - Q_b = 40/40 = 1.

Da wir es bei den Ringen und Gürteln am Himmel mit Steinen, Eis, Metall... zu tun haben, können wir im Vergleich zu festem Material mit hoher Schwingungsgüte (Q = 100 möglich) hier von einer „schlechten" Güte Q des schwingenden Materials ausgehen. Allerdings ist das nun wieder gar nicht schlecht für das Schwingsystem, denn ob hier mal ein paar Steine mehr oder weniger drin sind – das beeinflusst das System überhaupt nicht. Da die Gürtel/Ringe kreisen, in Bewegung sind, die Planeten auch, schwingen sie – zwar langsam – aber bedächtig. Und da sie das schon seit Millionen/Milliarden Jahren machen, können wir das im Allgemeinen als ein eingeschwungenes System bezeichnen.

Es ist nur durch große Energien aus dem Tritt zu bringen, was durch den Strom I symbolisiert wird, den man hineinstecken müsste. Das Bild 14.8 bringt das zum Ausdruck. Natürlich ist es auch möglich, dass es durch eine starke Störung zu einem Ausrasten eines Schwingungssystem und damit für zunächst einen chaotischen Orbit kommen kann, der sich nach einigen Turbulenzen (Masseumverteilung) wieder fängt.

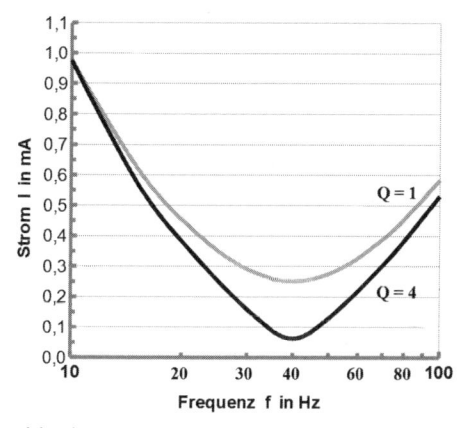

Bild 14.8:
Zwei Resonanzkurven unterschiedlicher Güte Q (1 und 4), normiert dargestellt, Reihenkreis-Verhalten

Vergleichen wir: Eine Sopranistin kann Gläser im Schrank mit ihrer Stimme zerspringen lassen. Ihre Schwingungen übertragen sich auf die Gläser – sie geraten in Eigenresonanz – aber dafür sind die Gläser nicht mehr geschaffen, um diese Kräfte auszuhalten. Hinzu kommt: Je näher man dem Resonanzpunkt kommt, um so weniger Energie muss man zuführen (vgl. Strom im Bild 14.8)!
Es muss nicht immer eine Sopranistin sein. In der Sendung „Deutschland sucht den Superstar" 2010 hat ein Mann eine leuchtende Glühlampe und eine große Scheibe „zersungen".

Nun kommen noch die Resonanzen hinzu, die sich zwischen Ringen und Planeten bilden. Es stand das Problem: Mehrere Lücken durchziehen das Geröllfeld. Wer ist schuld daran?
Mit der Schwingungslehre können wir das Problem angehen. Wenn sich eine bestimmte Masse zusammengefunden hat – nach GS – kann das ein stabiles System sein. Und so können, bzw.

müssen die Abschnitte beispielsweise nicht gleichmäßig bestückt sein. Eine bestimmte Masse mit einer bestimmten Schwingungsenergie kann regelrecht „einrasten" - auch in Resonanz mit einem eingeschwungenen System. So gesehen muss eine 7:3-Resonanz kein besonderes Phänomen sein, Unwissenheit reicht. Masse und Bewegung der „Einzelkreise" passen so zusammen.

Für eine Störung der Resonanzfrequenz muss man viel Energie aufbringen und das erhöht die Stabilität des Systems, da es sich nicht so schnell außer Tritt bringen lässt. Und hier macht sich wieder eine schlechte Güte „bezahlt".

Das Problem: Gesteinsbrocken legen sich in einem breiten Gürtel um die Sonne, allerdings nicht ganz einheitlich - wäre hier zumindest einem Ansatz zugeführt.

Unsere Sopranisten überträgt die Energie über die Luft auf die Gläser. Im All haben wir keine Luft. Rotierende Bewegungen und elektromagnetische Felder finden immer eine Kopplung.

Simulation

In der Astronomie werden verschiedene Prozesse simuliert, mit GS wäre hier eine weitere wissenschaftliche Nachprüfung möglich!

Simulation – eine Rechenmethode, mit der man auch die modernen Staurechnungen... bewältigen kann. Meist stimmen sie, aber wenn sich das Wetter nicht an das einprogrammierte hält – stimmt sie nicht mehr. Und so wirken sich auch bei der Simulation der Mondentstehung unsichere Faktoren – hier falsche Voraussetzungen - auf das Ergebnis aus, s. Kap. Mondentstehung.

Da man ja im Sonnensystem und Universum schlecht experimentieren kann, muss man eine Methode finden, um Entstehungsprozesse nach zu vollziehen. Man braucht ein Konzept, ein spezielles Rechnerprogramm und einen leistungsfähigen Rechner, denn schließlich sollen mitunter Millionen oder Milliarden

Jahre nachvollzogen, simuliert werden. Wie nahe man am gewünschten Prozess ist oder war sieht man an den Ergebnissen. Man geht mit bestimmten Vorstellungen in den Prozess. Wenn die Ergebnisse den Wünschen gemäß ausfallen, hat man den Prozess möglicherweise richtig nachvollzogen, oder Fehler haben sich kompensiert – aber meist muss man schon froh sein, wenn man in die Nähe der gewünschten Ergebnisse kommt.

Die Simulation der Entwicklungsgeschichte des Asteroidengürtels ist ein besonderes Problem. Solange man den historisch überlieferten Fakten (Enuma Elisch) „nicht ins Auge sieht", bedarf es wohl noch vieler weiterer Simulationen aber auch Beobachtungen, um zum Schluss doch wieder Festzustellen: „Forschung bestätigt Sumer" - Kap. 18.

Weil wir nicht allein im All sind, nicht einmal in unserem Sonnensystem, stimmen die Überlieferungen.

15. Nibiru und der fundamentalistische Kreationismus

Fundamentalistische Kreationismus – was ist das?

Es ist der Glauben derer, denen erzählt wurde, dass die Erde nur 6000 Jahren alt ist. Hier hat der Erzbischof Us(s)her um 1650 nach der Bibel „ausgerechnet", dass die Erde am 23. Oktober im Jahr 4004 v. Chr. um 09.00 Uhr geschaffen wurde, als 1. Tag der Erde. Grundlage war für ihn, dass in der Bibel steht: Psalm 90 Vers 4: „Denn tausend Jahre sind vor dir / wie der Tag, der gestern vergangen ist, und wie eine Nachtwache." Und im 2. Petrusbrief 3 Vers 8: „Beim Herrn gilt ein anderes Zeitmaß als bei uns Menschen. Ein Tag ist für ihn wie tausend Jahre, und tausend Jahre wie ein einziger Tag." Das bedeutet für sie: 6x1000 = 6000 Jahre ist die Erde alt. Die Erde wurde in 6 Tage geschaffen – der 7. als Ruhetag wurde nicht gewertet, eigentlich gehört er aber zum System.

Aber warum? 1000 war eine klare und große Zahl, über die die Menschen nicht weiter nachdenken mussten. Und so entstand der fundamentalistische Glauben, auch „Junge Erde Kreationisten" - Young Earth Creationists, der die Erde nur 6000 Jahre alt sein lässt.

Die Grundrichtung kommt heute aus den USA – sie ist in Deutschland schon angekommen. Dazu schreibt Herr Urban in der Süddeutschen Zeitung vom 15.07.2007: „Der Kreationismus hat neuerdings gar in der deutschen Politik Anhänger gefunden. Die Schnapsidee von der „Schöpfungslehre" nistet sich über ein fein gesponnenes Netzwerk in unserer Gesellschaft ein. Ganz wider besseres Wissen." Das hat eigentlich nichts mit den Gläubigen zu tun die glauben, dass Gott vor langer Zeit die Erde und das Leben auf ihr geschaffen hat!

Was hat Nibiru damit zu tun?

Vom Nibiru kamen die Anunnaki und sie begründeten die Religion, um den Menschen Gesetze ihres Handelns zu geben, u. a. 10 Gebote. Richtig wirksam für uns wurde das erst in der Entwicklung nach der Sintflut. Es war aber auch eine Möglichkeit, dass die vergleichsweise wenigen Anunnaki die vielen Menschen „im Griff" hatten, sie regieren.
Jetzt geht es um das 1. Buch Mose, die Genesis (Entwicklung) und ganz besonders um das Kapitel: Die Erschaffung der Welt. Hier wird von Tagen gesprochen, in denen viel geschaffen wurde. Real sind es Abschnitte, die entsprechend der Wissenschaft Jahrmillionen oder auch länger bzw. kürzer dauerten. Die Bibeltexte sollten einfach und verständlich sein und die vielen Details in den groben Fakten (Tage) enthalten. Herr Sitchin widmet sich diesen Details und stellt fest, das alles naturwissenschaftlich in der richtigen Reihenfolge angegeben wurde. Die Anunnaki wussten ja worüber sie geschrieben haben und sie haben auch zum Ausdruck gebracht, dass sie im Glauben an den Gott (Gottvater) gehandelt haben: „Die Erschaffung der Erdlinge war unsere größte Leistung." Aber auch die Zerstörungen durch die A-Waffen: „Wenn dies der Wille des Schöpfers war, dann ist dieses von unserer Mission zur Erde geblieben." (Buch Enki)

1000 Jahre für den Menschen gleich 1 Tag für Gott

Eigentlich ist das Verhältnis ja größer: Eine Sonnenumrundung Nibirus dauerte 3600 Jahre! Also – ist die 1000 eine symbolische Zahl. Aber mit diesem Thema werden sich die fundametalistischen Kreationisten nicht beschäftigt haben (dürfen). Damit wäre der Spuk der 6000 Jahre alten Erde schnell vom Tisch.

Und heute? Fundamentalistischer Kreationismus, GEO Magazin 02/2001: „»Kreationisten« brandmarken in den USA jeden als

Atheisten, der die Bibel nicht für die verbindliche Schöpfungsgeschichte hält. Sie »widerlegen« jede Naturwissenschaft...“ Es sind alles religiöse und fundamentalistische Richtungen und haben mit der Wissenschaft nichts zu tun!

(Fundamentalistischer) Kreationismus ist nicht der einfache Glauben derer, „...die von der Erschaffung der Welt durch Gott ausgehen", sondern der Glaube, dass die Erschaffung der Erde vor 6000 Jahren stattfand – das ist ein gewaltiger Unterschied! Wer daran nicht glaubt – ist ungläubig!? Eigentlich ist das ein Machtkampf der fundamentalistischen Führer gegen die Kirche! Die (noch) untoleranten Standpunktbeziehungen verhärten in Zukunft die Fronten weiter anstatt aufeinander zu zugehen. Die Geschichte der Völker und die sumerischen Überlieferungen – da scheinen sich beide Seiten einig zu sein – spielen in diesem Prozess absolut keine Rolle. Deshalb dürfen sie wissenschaftlich und medienoffiziell (noch) nicht Allgemeingut sein.

Die wissenschaftliche Meinung vom Alleinsein der Menschheit im ganzen Universum und der Nichtexistenz von Elohim (Göttern; Gott) auf der einen Seite und dem Negieren der wissenschaftlichen Erkenntnisse auf der anderen Seite führen in eine Sackgasse! Die Analyse der (unserer) Vergangenheit würde dort mehr als ein Schlichter sein!

Und so kann das Studium der sumerischen Überlieferungen, also der Vergangenheit, in der Gegenwart eine Menge Erkenntnisse für die Zukunft bringen – wir müssen es angehen!

Denken wir an ein „neutrales" Beispiel: Tropfsteinhöhlen brauchen mitunter mehrere 10.000 Jahre und mehr, um auf den heutigen Stand zu kommen. Das lässt sich ganz gut anhand der Mineralien, Dicke, Länge/Höhe, Form und Masse der Tropfsteine berechnen.

Fundamentalistische Kreationisten gegen die Evolution

Diese fundamentalistischen Kreise haben einen Hauptangriffspunkt: die Evolutionslehre von Darwin. In einem schwarz-weiß Film von 1959 „Wer den Wind säht" von St. Kramer wurde dieses Thema schon einmal medienoffiziell behandelt.

Sie wollen, dass die Geschichte der 6000-Jahre-Erde in den Schulen zumindest mit behandelt wird – lieber wäre es ihnen, wenn nur ihre nun völlig haltlose 6000-Jahre-Erde auf dem Programm stände. Das versuchen sie sogar gerichtlich zu erstreiten – und sind meistens gescheitert. Die Bush-Regierung hatte das indirekt unterstützt.

Nun gibt es wieder Kreise, die haben sich einen intelligenten Disigner (ID) geschaffen, und sie gehen sogar von wenigen Millionen Jahren aus.

Diese „Religionsführer" wollen sich ein „eigenes" Volk schaffen.

Im Grunde hat es eigentlich mehr mit Machtkampf als mit Religion zu tun!

16. Nibiru - bewusste Rausrechnung durch die Schulwissenschaft - ohne Beweis!

Bewusste Rausrechnung durch die Naturwissenschaft

In unserem modernen 21. Jahrhundert wird Planet X, Transpluto, Nibiru nicht nur nicht mehr angegeben wie noch im letzten Jahrhundert, sondern er wird ganz gezielt und ohne jeden Beweis rausgerechnet! Für die Medien massenwirksam begann es im August 1993 in einer DPA-Meldung: Planet X war nur eine Fata Morgana. Die heutigen Berechnungen der Bahnen von Kometen und künstlichen Himmelkörpern zeigen ebenfalls eine Abweichung, die auf die Existenz eines weiteren Planeten in unserem Sonnensystem schließen lässt. Der kleine Pluto kann dafür allerdings – da ist man sich einig - nicht verantwortlich gemacht werden!

Neptun hat weiter Bahnstörungen – verniedlichend heißt es nun in Wikipedia: „...es handelt sich wohl um die Auswirkungen kleiner, unvermeidlicher Messfehler." Komisch, man redet aber nur hier von Messfehlern. Gibt es denn woanders keine? Dass es dabei zu einem Messfehler von 100% und mehr kommen kann – das „merkt" so keiner, er wird ja nicht angegeben, nur darüber allgemein geredet!

Auch wenn es den Nibiru wissenschaftlich und medienoffiziell nicht gibt, gibt es Daten. Der Literatur-Nobelpreisträger Bertrand Russell (1872 – 1970) sagte einmal: „Auch wenn alle einer Meinung sind, können alle Unrecht haben." Wissenschaft hat manchmal ihre „eigenen" Gesetze. Sehen wir uns einige Details an.

Professor Steel und seine Rausrechnung

Er führt in seinem Buch „Zielscheibe Erde, Kosmos 2000" an, dass eine Neuberechnung der Planetenmassen von Uranus und Neptun einen Planeten X ausschließe. Zunächst wies er darauf hin, dass der Planet X mindestens 6-fache Erdmasse haben sollte (um $36*10^{24}$ kg nach P. Lowell). Ohne Nachprüfung scheint die Angabe logisch – ist aber demagogisch. In Tafel 16.1 habe ich dazu Daten recherchiert. Das erfolgte nach Anfrage bei Astronomie Heute. Da man aber einen Prof. nicht kritisiert – wurde die Leserzuschrift nach über ½ Jahr mit gelöscht, auch wenn alles richtig war!

Tafel 16.1: Daten von Planetenmassen in 10^{24} kg über 35 Jahre

Planet	1974	1993	2004	2009
Erde	5,976	5,976	5,975	5,974
Saturn	568,4	568	568,5	568,5
Uranus	86,76	87,0	86,83	86,81
Neptun	102,9	103	102,5	102,43

Da sich in 35 Jahren weder die Massen der Planeten „verändert" haben (Erde zum Vergleich) – ist die Datenbasis dazu ...? Wir können davon ausgehen, dass auch die anderen Planeten keine „Masseänderung" erfahren haben. Es gibt keine Null-Masse für Nibiru! Da er um 4-fachen Erd-Durchmesser hat, kann er auf eine Masse von um $250*10^{24}$ kg kommen, das ist ein gut Doppeltes von Neptun ($102*10^{24}$ kg) – ein gewaltiger Fehler!
In einem Blog bei Spektrum der Wissenschaft schreibt man mir: „Wenn man die Gelegenheit hat, eine Messung durchzuführen - und dies war so beim Vorbeiflug der Raumsonde Voyager 2 im gegebenen Fall - dann verbessert sich die Datenlage, die Ergebnisse werden genauer, und manche Ungenauigkeit und mancher Fehler verschwinden.
In diesem Fall stellte sich heraus, dass die beobachteten Bahnstoerungen konsistent mit den Berechnungen sind und dass keine Stoerungen verbleiben, die auf einen großen Planeten X verweisen. Masse ist nicht verschwunden, nur unsere Kenntnis der genauen Werts der Masse ist besser."

Durch Tafel 16.1 sind aber keine wirklichen Veränderungen sichtbar, was eigentlich auch nicht zu erwarten war. Es bleibt der Effekt: Satellitenmessungen suggerieren: kein Planet X! Auch wenn er vielseitig überliefert wurde – ihn darf es (noch) nicht geben!

Parragon Verlag

Er brachte 2006 das Buch „Astronomie" heraus. Hier wird behauptet, dass die „Neptunmasse falsch berechnet" wurde und es einen Planeten X gar nicht geben kann. Wie wissenschaftlich die Recherche war zeigt der Fakt, dass Prof. Steel noch 2 Planeten brauchte – im Parragon Verlag genügte nur noch einer davon. Und nun schauen wir mal wieder in die Tafel 16.1: Eine Veränderung/Fehler um 85% durch Wegfall des Uranus! Beide Autoren haben aber keinen Beweis für ihre Behauptung aufgestellt bzw. angegeben!
Dem Verlag habe ich geschrieben – eine Antwort erhielt ich nicht.
Das Hauptproblem ist, dass die von der Sprachwissenschaft übersetzten sumerischen Keilschrifttafeln von der Schulwissenschaft fast vollständig (noch) ignoriert werden (müssen?).

National Geographic

Im Buch „Die große National Geographic Enzyklopedie Weltall" von 2005 heißt es: „Als aber „Voyager 2" im Jahr 1989 genau auf der berechneten Bahn zwischen Uranus und Neptun am Neptun vorbeiflog, war klar, dass es keinen Planet X geben konnte. Ansonsten wäre die Sonde durch die Gravitation des mysteriösen Planeten von ihrer Bahn abgelenkt worden."
Nun wollen wir mal vergleichen: Zwischen Uranus und Neptun (30 AE von der Sonne) herrscht eindeutig die Gravitation der beiden Planeten. Der „mysteriöse" Planet Nibiru war bei etwa

doppelter Masse mehr als 70 AE weiter als Neptun von der Sonne entfernt, s. Bilder 2.1 und 4.3. Die Sonde müsste also schon um einige AE weiter sein, um dem Einfluss von Nibiru zu unterliegen. Auch hier wird sehr allgemein „wissenschaftlich" klingend geschrieben – aber konkret ist man hier nicht geworden.

Fragen bleiben, hier wäre ein Bild sinnvoller als Phrasen:
- wo waren zu diesem Zeitpunkt Uranus und Neptun?
- wo soll Nibiru gewesen sein?
- wo flog die Sonde lang?

Professor Lesch BRα

Im I-net kann man den Beitrag von Prof. Lesch: „Gibt es cinen 10. Planeten?" nachsehen. Er bemüht einen „britischen" Kollegen, um einen 10. Planeten auszuschließen. Auf Anfragen erhielt ich - keine Antworten: er hat keinen Namen – oder es gibt keinen britischen Kollegen – in jedem Fall eine Nullnummer!
Die Sonde Pionier 10 (nx100 kg) hat Bahnstörungen durch Himmelkörper im Kuipergürtel hieß es. Der „britische" Kollege kam im Oktober 1999 nach einer Analyse von Kometenbahnen auf einen „möglichen" Störfaktor in einer „möglichen" Entfernung von einem halben Lichtjahr von der Sonne. Dabei ging er von einer Planetenmasse des 10. Planeten von 1-10 Jupitermassen (1900x10^{24} kg) aus - und das wäre unmöglich. Wäre der Planet kleiner, könnte er auch näher sein. Eine solche Diskussion gab es 1983 nach der IRAS-Untersuchung schon einmal.
Prof. Lesch hätte sich ja mal mit den Überlieferungen befassen können, wie es Prof. Steel angedeutet hat, oder er sie von P. Lowell kennt, kennen sollte. Aber: Wissenschaftlich und medienoffiziell darf es noch keinen Planeten Nibiru geben!

Die Wissenschaft kreierte einen Planeten X

Astronomie Heute brachte im Oktober 2005 den Artikel: Planet X - Der neue König des Kuiper-Gürtels. Es ging um einen Kleinplaneten, den man – s. König – hochlobte, Bild 16.1.
Er „2003 UB313" später Eris genannt, hatte nur einen Durchmesser um ¼ größer als Pluto und ist damit der größte bekannte Zwergplanet unseres Sonnensystems.

SONNENSYSTEM

Planet X
Der neue König des Kuiper-Gürtels
Drei jüngst entdeckte Eiswelten jenseits des Neptun, eine davon größer als Pluto, stellen unsere bisherigen Vorstellungen vom äußeren Sonnensystem in Frage.   >> David Tytell

Bild 16.1: Titel in ASTRONOMIE HEUTE, OKTOBER 2005, S. 20

Für Wikipedia, Diskussion Transpluto habe ich geschrieben: Ein 10. Planet heißt seit Jahrtausenden Nibiru! Die etwa gleiche Leserzuschrift zum Beitrag an den Spektrum Verlag wurde gelöscht. Das sind alles pseudo-(schein-)wissenschaftliche Methoden, um etwas für die Massen „einleuchtendes" zu sagen/ schreiben, dass eigentlich nicht stimmt. Man könnte sagen: Ein Auftragswerk! Dazu vgl. a. Astronaut Prof. Walter in Kapitel 18.

Frage

Warum nur bemüht sich die Wissenschaft so vielseitig um die Rausrechnung des Planeten X (Nibiru)? Wie wir eindeutig sehen konnten, hat jeder eine andere Methode gewählt, die so nicht nachvollziehbar ist. Ein großer Verlag, ein Professor – wer kann da schon widersprechen? Wenn das nur vielseitig „gesagt" wird, muss das schon stimmen! Vgl. auch: „Ufos entstehen im Hirn"! Wann will/darf die Wissenschaft mal aufwachen?

17. Planet X und das Jahr 2012

Kleine Übersicht

Mehrere Bücher befassen sich mit diesem Thema. Ich habe zwei davon untersucht und verschiedene Diskrepanzen festgestellt. Außerdem gab es ein Interview mit einem Autor.
Dazu die Ausgangs-Literatur mal vorn:
[WM] van der Worp, J.; Masters, M.; Manning, J.: Das Planet X Survival-Handbuch für 2012 und danach. Mosquito, Potsdam 2008
Kurzbeschreibung und meine Rezension bei Amazon:
http://www.amazon.de/Das-Planet-Survival-Handbuch-2012-danach/dp/3928963260/ref=pd_sim_b_3
[KT] Kirchner, Th.: Interview mit Autor und Planet-X-Forscher Marshall Masters, 18/2008. Mein Kommentar unter:
http://www.nexus-magazin.de/artikel/lesen/interview-mit-planet-x-forscher-marshall-masters/2
[LA] Lloyd, A.: Dunkelstern - Auf der Spur des Planeten X. Kopp, Rottenburg 2008
Kurzbeschreibung und meine Rezension bei Amazon:
http://www.amazon.de/qp/product/3938516836
[Df] Mein Beitrag dazu: Die Fehlinterpretation des Nibiru. Magazin 2000plus, Nr. 272, 8/2009, S. 38 – 41

Beide Bücher scheinen das gleiche Thema zu behandeln – sind aber sehr unterschiedlich. Beide Bücher beziehen sich mehr [LA] oder weniger [WM] auf Sitchin, ohne ihn überhaupt verstanden zu haben. Es heißt öfter Sitchins Theorie – eigentlich hat er „nur" die alten - meist schon übersetzten Schriften ausgewertet, nachbearbeitet und zusammengestellt, bei dem Umfang der Keilschrifttexte ein großer Aufwand, vgl. Prof. Kramer.

Tafel 17.1: Kleine Zusammenstellung

Autoren	[WM]	[LA]
Literaturangaben	keine	je Abschnitt
Fachbegriffe	durcheinander	manche unklar
Bezeichnungen für Nibiru	Planet X, Dunkelstern brauner Zwerg Schreckensbringer Sonnen-Zwillingsstern	Planet X, Dunkelstern brauner Zwerg, Marduk
Nibiru 2012	im Perihel, der größten Sonnennähe	im Aphel, der größten Sonnenentfernung
Nibiru im So-System	nicht so lange	von Anfang an

Sie missbrauchen einen besonders von den Sumerern überlieferten Planeten, um Fakten zusammen zu führen, die aber so nicht zusammen passen. Alle Planeten zusammen haben 0,1% der Sonnensystemmasse! Auch wenn die Nibirumasse nicht dabei ist, so können Planeten der Sonne nicht gefährlich werden. Auch M. Hazlewood sieht 2012 eine Gefahr für die Erde – ohne richtiges Hintergrundwissen.

Neben diesen Katastrophenszenarien gibt es eine zweite Richtung zu Planet X: Die Wissenschaft rechnet ihn raus – ohne jeden Beweis - aus unserem Sonnensystem, s. Kapitel 16. - eigentlich auch eine „Katastrophe".

Eine getrennte Betrachtung
a) Das Planet X Survival-Handbuch

Das Buch ist sehr schlecht zum Thema Planet X recherchiert und enthält wesentliche Fehler nicht bloß zum Planet X. Das Buch ist mehr Dichtung als Wahrheit, die es aber verbreiten will. Der Grundfehler liegt in den nur mangelhaften naturwissenschaftlichen Kenntnissen der Autoren über den Nibiru, die Mathematik und den Polsprung, die ja Grundlage für das Buch sind, sein sollen.

Bilder und Tafeln haben keine Bezeichnung, Zahlen sind oft zu klein gedruckt, Texte passen nicht zu Bildern...

Hier gibt es viele unnütze Wiederholungen und den Falschgebrauch von Fachwörtern, die keinesfalls die Glaubwürdigkeit der Autoren erhöhen. Die neueste Aktion: Nibiru als Schreckensbringer soll eigentlich das Survival-Handbuch stützen!

Die **Mathematik** „glänzt" negativ. Normal ist eine allgemeine Gleichung

$$y = ax + b$$

hier ein Wert y in der Abhängigkeit einer Variablen x im Produkt mit einem Faktor a verbunden und einer Konstanten b in der Summe.
Nur ax ist „nur" ein Produkt – im Buch als Gleichung bezeichnet.

Ein besonderer Höhepunkt ist die Rekonstruktion einer **Planetenbahn**. Was die Planet X/Nibiru-Bahn anbelangt schrieben die Autoren: „Eine Vielzahl von Quellen und Hinweisen leitete einen langwierigen Prozess des Herumprobierens ein..." - das hat mit sachlichem Herangehen nichts zu tun. Man gibt Daten in einen Rechner und erhält die Bahn, Beispiel s. Bild 2.1.

Die Autoren behaupten auch, dass zurzeit des **Exodus** – das war im 13. Jahrhundert v. Chr. – der Nibiru mit „gewütet" hätte. Da sie sich nicht auf Zeitangaben einlassen, ist es schwierig, was sie wirklich meinen, von Wissen kann man nicht sprechen. Nibiru war aber um die Zeit des Ezechiel – um 560 v. Chr. - zumindest in der Nähe seines Perihels, auch wegen der Raumschiffe Ez 1,4-28. Und wenn wir hier um 3200 Jahre addieren, kommen wir etwa zum künftigen Begegnungstermin mit dem Nibiru: T~(3200-560-2009) in etwa 630 Jahren.

Der Planet kommt seit 4 Mrd Jahren alle 3600 Jahre durch den Asteroidengürtel, bisher über 1 Million Mal. Der Nibiru ist von

147

den Anunnaki, die, die vom Himmel auf die Erde kamen, bewohnt. Sie haben die Sumerer und andere Völker unterrichtet, die uns ihre Aufzeichnungen und Erkenntnisse hinterlassen haben. Von Nibiru geht 2012 keine Gefahr aus! Seine Größe am Himmel in der günstigsten Stellung ist etwa die halbe große Venus in rot, s. Tafel 4.1. Ein brauner Zwerg? - Das geht nicht!

Nibiru war mit verantwortlich für die Sintflut – s. Kapitel 11 und Bild 8.1. Das war vor knapp 13.000 Jahren schon im Löwenzeitalter.

Weil die Autoren nicht nur hier schlecht, nicht oder falsch recherchiert haben, wissen sie nicht, dass Nibiru etwa 4-fachen Erddurchmesser hat (etwa Neptungröße, aber bis 2,5 mal mehr Masse). Das von den Autoren geschilderte Katastrophenszenario (4. U-Seite) kann nicht stattfinden.
Das Buch dient mehr der Verwirrung denn als Hilfe der Menschen   [Df]. Aber auch das kann manchmal Absicht sein. So schlecht recherchiert zu haben ist eine Zumutung an die Leser.

Das Magazin Nexus führte ein Interview mit einem der Autoren des Buches: Marshall Masters [KT]. Erst einmal soviel: Man kann ihn bei soviel grundsätzlichen Fehlern nicht als Planet X-Forscher bezeichnen. Nibiru als Dunkelstern (nicht gezündete Sonne, dazu zu kleine Masse) kommt überhaupt nicht in Frage, außerdem ist Nibiru bewohnt.
Zu Planet X gibt es Ablehnung und Fehlinformationen – mit Forschung (auch keine Literatur im Buch) hat das absolut nichts zu tun! Das hier vieles aus der hohlen Hand geschrieben wurde, beweisen auch die Daten und Skizzen einer Zeit die schon vorbei ist.
Aber, es gibt Autoren, die „sahen" ihn schon 2003, dann 2004, dann sollte er 2009/10 kommen und nun 2012? Und er soll der Sonne als ihr Zwillingsstern Konkurrenz machen! Eigentlich gibt es hier kaum einen Fakt der stimmt oder bewiesen wurde!

Wenn hier Fakten stimmen würden, wäre Nibiru mit etwa Neptungröße schon zu sehen gewesen – und? Nichts!

Polsprung – Nibiru als Auslöser?

Dieser Begriff Polsprung wird wahllos von den Autoren verwendet und fachlich völlig falsch interpretiert. Eigentlich kann es sich nur um eine Polwanderung handeln, wie sie ständig im kleinen Bereich stattfindet, da sich die Erdmassen u. a. durch die Plattentektonik bewegen, Bild 17.1.

Polsprung – dabei tauschen Nord und Südpol die Position – das passiert im Bereich um alle 500.000 Jahre und hat schon öfter stattgefunden. Das lässt sich an den Schichten nachweisen und datieren. Der letzte Polsprung war vor 780.000 Jahren und der nächste wäre längst „fällig" gewesen. Die Zeit der Umkehrung kann sich über gut 5.000 Jahre hinziehen. Da die Erde eine große Masse hat, ist wohl mit einer Hau-Ruck-Aktion über wenige Jahre schon gar nicht zu rechnen. Seit dem Beginn der Messungen hat die Feldstärke um 10% abgenommen. Die ständige (Magnet-)Polwanderung für Deutschland beträgt zurzeit etwa -0,15° pro Jahr. In den letzten 100 Jahren waren das für den Pol knapp 1100 km von Kanada nach Sibirien, nach den Messungen eine elliptische Bahn. Magnetidpartikel in Sedimenten arktischer Seen führen zu dieser Wanderung.

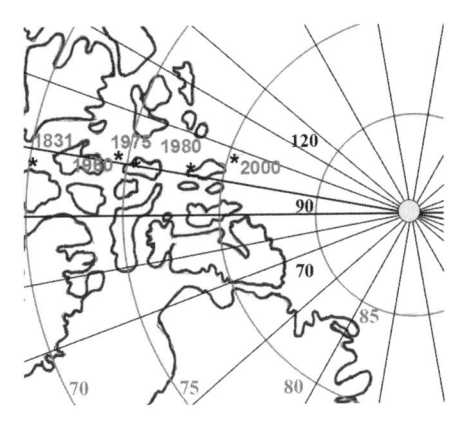

Bild 17.1: Polwanderung des magnetischen Nordpols mit fünf Meßstellen * 1831, 1960, 1975, 1980 und 2000

Die Autoren behaupten sogar, dass sich die Erdschale beim Polsprung um den Erdkern dreht, und das relativ schnell. Nibiru soll hier die Erdschale wie bei einer Orange verdrehen – das halte ich ja nun für völlig unmöglich, da die Stärke der Erdkruste verschieden ist und sich so gar nicht als Ganzes bewegen ließe. Zum Anderen ist der Nibiru wesentlich kleiner, als die Autoren hoffen! Der innere Geodynamo, der den Strom für die Magnetpole erzeugt, müsste langsam zurückfahren, um dann die Drehrichtung zu wechseln und damit den Polsprung begründen. Bei der großen Eisenmasse in der Erde (das Eisen im Kern ist zwar wegen der großen Hitze unmagnetisch) werden dazu jeweils einige tausend Jahre benötigt. Es kommt aber auch auf den Strom an. Das Schlimme ist, das nicht nur hier sondern auch in Foren... diese falschen Theorien im Brustton der Überzeugung verbreitet werden. Sogar 2003 sollte der Polsprung schon stattfinden, Nibiru sollte ja sogar damals schon zu sehen sein! Hier sehen wir den Unsinn dieser Voraussagen ganz deutlich – jetzt soll es 2012 passieren? Die falschen Propheten nehmen nicht ab!

b) A. Lloyd's Dunkelstern

Das Buch zum **Dunkelstern** beginnt recht gut, um dann nach 1/3 langsam nachzulassen. Der Autor hat sich wirklich mit Sitchins 12. Planeten auseinander gesetzt. Sein Drang, Nibiru zum Dunkelstern zu machen zeigt, dass er es nicht verstanden hat. Im letzten Drittel des Buches wird es unverständlich, was meint er nun: ist es Planet X, Nibiru, der Dunkelstern, Marduk oder? Skizzen stimmen nicht: unsere Planeten laufen in die falsche Richtung. Diagramme haben keine Achsenbezeichnungen und Werteangaben – und seine Sprache wird durch die vielen Konjunktive nicht besser wie: ich halte es für möglich, bin sicher – es folgt ein falscher Fakt, scheinbar, mein Bauchgefühl, herausstellen könnte..., träfe dies zu..., ich glaube, dass...

Sedna (ein Kleinplanet) ist „...etwa 85 AE von der Sonne entfernt – womit er ungefähr drei Mal so weit entfernt ist wie Pluto." Nun muss man wissen, das Pluto mit seiner elliptischen Bahn zwischen 30 und 50 AE von der Sonne entfernt ist – man nimmt den Mittelwert 40 AE oder muss es zuschreiben – und so stimmt seine Angabe nicht. Zwei Mal wäre richtig! Da Sedna eine starke Exentrizität hat $\varepsilon = 0{,}84270$ – kann das aber auch so nicht stimmen!

Feststehende Fakten werden schon mal vertauscht, sind nicht klar:

falsch	richtig	Hinweis
900° Kelvin	900 K(elvin)	K aber °C
Jupiter d = 71.500 km	143.000 km	d–r verwechselt

Eine seiner Theorien ist, dass der Dunkelstern (eine nicht gezündete Sonne) hier ein Zwillingsstern unserer Sonne sein soll, die auch ein Planetensystem haben soll mit 7 Planeten, er entschließt sich dann für Monde. Es könnte sein, dass der Innerste bewohnbar ist. „Ich glaube, dass das auf einen von ihnen gewiss zutrifft..." Aufhören!

Die Probleme hat er sich selbst geschaffen indem er einen Dunkelstern – kleine Schwester der Sonne – kreiert, um den er 7 Planeten kreisen lässt, deren äußerer Nibiru als Fährschiff sein soll. Nibiru verdampft hinter Jupiter wie ein Komet und wäre sichtbar. Nibiru scheint sich nicht um die Sonne zu bewegen.

An anderer Stelle ist ein Dunkelstern ein sehr kleiner Brauner Zwerg. In Fortsetzung dieses Kapitels befindet sich der Dunkelstern „gegenwärtig" irgendwo in der Nähe der Ekliptik, der Bahnebene der Planeten – vgl. Bild 4.2: Nibiru liegt 150 Grad zur Ekliptik.

Nun gibt es ja verschiedene Kalendergründungen und er schreibt: „Ich glaube, das Erscheinen von Nibiru war für die Völker der Antike ein solch herausragendes Ereignis, dass sie ihre Kalenderzyklen mit diesem Zeitpunkt begannen." Die Religionsgründungen hingen mit den Anunnaki zusammen, nicht direkt mit Nibiru. Er war zumindest 3760 v. Chr. in der Nähe der Erde, Gott König Anu war hier. Dieses Jahr gilt als das Weltschöpfungsjahr des jüdischen Kalenders. Eigentlich hat König Anu in Nippur den Kalender in Erdenjahren eingeweiht (bisher in Schars).
Und so zieht sich so eine nicht nachvollziehbare ständige Veränderung der Lage des Nibiru = Dunkelstern = Brauner Zwerg = Marduk... durch das Buch und die Jahre – da steckt kein Zusammenhang dahinter..., die Logik geht verloren.
Ein positiver Gedanke: „Aus wissenschaftlicher Sicht scheint die Schlussfolgerung, dass ein massiver Planet X existiert... durchaus plausibel und begründet." Aber auch: „...die mögliche Existenz eines noch nicht entdeckten massiven Himmelskörper wurde lange Zeit von Astronomen abgelehnt." Dann kann es auch keinen Dunkelstern geben – aber auch keinen Nibiru, von dem die Anunnaki hätten kommen können und den Lauf der Geschichte ändern – was wir nicht wahrhaben wollen!

Herr Lloyd hat noch einen Widerspruch entdeckt: ist der Planet klein, passt das nicht zu den Berechnungen – ist der Planet groß und nicht weit, warum wurde er dann noch nicht entdeckt? Aber wenn der Planet groß ist, wo hat er dann seine Masse her?
Diese Frage wird eigentlich in den Überlieferungen so beantwortet, dass Nibiru ein Wanderer zwischen den Welten war, ein Einzelgänger. Aber hier hat der Autor auch nicht Sitchin verstanden, oder erst gar nicht gelesen - der das eindeutig erklärte. Diese Masse des Nibiru kam von außerhalb unseres Sonnensystem – und er kam gegenläufig/retrograd/ „mit den Uhrzeigern." Alle Planeten laufen „gegen den Uhrzeiger", wenn man von oben auf unser Sonnensystem guckt, s. Bild 3.1.

Herr Lloyd weist darauf hin, dass es eine Verbindung zwischen dem Phänomen Nibiru und dem Stern des Messias geben könnte; gemeint ist der Stern von Bethlehem. Da kann ich ihn beruhigen: So eine Verbindung ist aus mehreren Gründen völlig unmöglich. Der einfachste ist: versuchen wir mal ein in 10.000 m Höhe fliegendes Flugzeug einem Haus zu zuordnen – es wird nicht gelingen.
Er hat auch nicht in die Bibel geguckt (Mt 2,9): „...Der Stern, den sie schon bei seinem Aufgehen beobachtet hatten, ging ihnen voraus. Genau über der Stelle, wo das Kind war, blieb er stehen." Das kann kein natürlicher Stern! Die Wissenschaft favorisierte eine Planetenkonjunktion mit Jupiter (5,2 AE) und Saturn (9,5 AE) – wie soll sie erst einem Haus zuordbar sein? Dazu müsste Nibiru im Jahr der Geburt Jesu hier gewesen sein und nun schließt der Autor: „...denn mit nahezu an Sicherheit grenzender Wahrscheinlichkeit befindet es sich jetzt im Aphel, also seinem sonnenfernsten Punkt." Das stimmt aber nun nicht, denn er kommt in gut 600 Jahren wieder vorbei – s. Bild 4.3 in Auswertung der alten Überlieferungen. Wenn er auf der gleichen Seite 248 noch von „...in diesem Buch zusammengetragenen wissenschaftlichen Arbeiten" schreibt, dann sehe ich nicht nur hier absolut keinen Beweis dafür.

Herr Lloyd schreibt immer wieder von Lücken im Kuipergürtel (KBO), die die Wissenschaft nicht erklären kann, beim Asteroidengürtel ist das nicht anders. Da hat er recht, denn die Wissenschaft ignoriert noch die aus der Praxis geborene Theorie des Global Scaling, Kapitel 14.

18. Forschung bestätigt Sumer

Allgemeine Sicht

Je mehr die Naturwissenschaft forscht, um so mehr kommt sie den Überlieferungen der Sumerer nahe! Was ich auch feststellen konnte: So will die Naturwissenschaft das aber (noch) nicht sehen! Sie versuchen, oft noch gegen ein wissenschaftliches Prinzip zu arbeiten, das der Forscher Joe Kirshving klar formulierte: „Stimmt die Theorie nicht mit den Daten überein, dann ändere die Theorie!" Da die Theorie der Schulwissenschaft feststeht – müssen (noch) die Daten weitestgehend geändert, angepasst werden. Zu unserer Vergangenheit: (Wir sind allein im All, es gibt keine Ufo´s, der Sphinx Löwe ist 4500 Jahre alt, Sumerer werden offiziell nicht erwähnt... Und das wird uns dann als Wissenschaft „verkauft" - egal ob Sonnensystem, Pyramiden, Außerirdische, ihre Fluggeräte...).

Vor über 10 Jahren kam man durch Analysen von Genen und Sprache auf größer 150.000 Jahre Geschichte des Homo sapiens. Vor wenigen Jahren brachte der NDR eindeutig die Zahl 200.000 in seiner Sendung „Plietsch". Herr Fischer schrieb im Spektogramm vom 28.04.08: „Die Urmutter aller heutigen Menschen lebte vor rund 200000 Jahren in Ostafrika." Bei n-tv am 06.04.2010 brachte „Die Geschichte des Menschen" die Evolution zum Menschen und sah den Homo sapiens auch vor 200.000 Jahren. Spektrum brachte 3/03 den Beitrag von Prof. Bräuer: „Der Ursprung lag in Afrika" (Out of Africa), diese Meinung hatte sich in einer kontroversen Diskussion entwickelt. Diese Meldungen unterstützen die Richtigkeit der Überlieferungen!

Entscheidender Punkt: Entstehung des Homo sapiens

Heute steht es fest: „Alle Hominidenfunde, die älter als zwei Millionen Jahre alt sind, stammen ausschließlich aus Afrika.

Der Startschuss zur Menschwerdung fiel bereits vor sechs Millionen Jahren." Dass stellte man im WDR fest. Weiter geht es um unsere frühen Vorfahren: „Klimaveränderungen und wechselnde Umwelteinflüsse zwangen den Frühmenschen, sich immer weiter anzupassen. Er musste sich verändern - neue Strategien entwickeln. Nur die Besten überlebten und entwickelten sich." Das ging so bis vor gut 200.000 Jahren. Ein großes naturwissenschaftliches Problem bleibt nach wie vor: Wie hat sich der Homo erectus zum Homo sapiens entwickelt? „Normal" hätte so eine Entwicklung mindestens 1.000.000 Jahre gebraucht – aber ein Missing Link konnte und kann nicht gefunden werden! Umweltbedingungen waren es nicht, können es nicht gewesen sein. Auch hier geben uns die sumerischen Keilschrifttafeln eine Antwort.

Afrika – Wiege der Menschheit

Die Anunnaki brauchten Goldarbeiter – und Ea hatte den Homo erectus im Süden Afrikas entdeckt. Hier hatte er sein Forschungszentrum das „Haus des Lebens". Der genetische Eingriff seiner Forschungsgruppe schuf hier den ersten Lulu, den Homo sapiens. Er wurde als 1. Retortenbaby auf der Erde von seiner Halbschwester und Chefmedizinerin als Leihmutter ausgetragen. In der Bibel liest sich das so nach 1 Mo 1,26: „Und Gott sprach: Lasset uns Menschen machen, ein Bild, das uns gleich sei, die da herrschen über die Fische im Meer und über die Vögel unter dem Himmel und über das Vieh und über alle Tiere des Feldes und über alles Gewürm, das auf Erden kriecht. 27 Und Gott schuf den Menschen zu seinem Bilde, zum Bilde Gottes schuf er ihn; und schuf sie als Mann und Frau." Und so schuf Eas Team mit Zustimmung von Anu und Enlil den einfachen Arbeiter, der alle an ihn gestellten Aufgaben erfüllen konnte. Die Langlebigkeit der Anunnaki wurde ihm dabei nicht mitgegeben.
Die Geschichte mit der Schlange soll sich etwa so abgespielt haben: Die beiden geschaffenen Mann und Frau konnten sich nicht vermehren, waren unfruchtbar. Enkis Gruppe forschte weiter und mit einer Genveränderung wurde das Problem gelöst. Enkis

Zeichen war die Schlange und die Erkenntnis der Nacktheit bedeutete, dass Mann und Frau sich und damit ihre Funktion Kinder zu bekommen erkannten. Infolge wurden 7 männliche und 7 weibliche Embryonen vorbereitet und Leihmüttern (Anunnaki) eingepflanzt. Sie konnten sich dann eigenständig vermehren, sind also die Grundlage des Homo sapiens.

Und nun komme ich auf einem Anfangshinweis zurück: Da gab es doch Wissenschaftler, die haben „herausgefunden", dass Adam und Eva 50.000 Jahre auseinander entstanden sind. Das ging weltweit durch die Medien – vielleicht wollten sie nur das! Für die Humoristen war das natürlich ein „gefundenes Fressen". Bei RTL in der Sendung „7 Tage - 7 Köpfe" war das im Frühjahr 2001 ein Thema.

Mondentstehung

Die favorisierte Mondentstehung entstand als mathematische Simulation im Rechner. Man formulierte das Szenario, dass die Erde mit einem marsgroßen Himmelskörper Theia kollidierte. Dabei sollen 20.000 Bruchstücke entstanden sein; mehr konnte man in einer Simulation (noch) nicht erfassen. Sie formten sich zum Mond, Bild 18.1.

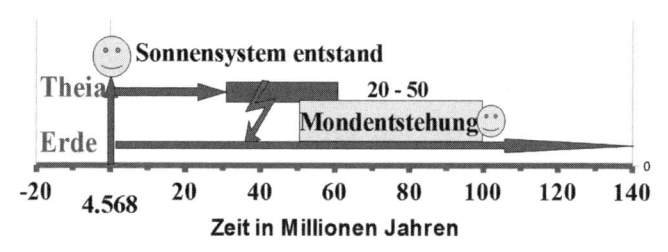

Bild 18.1: Mondentstehung nach Giant Impact

Gut 25 Literaturquellen habe ich ausgewertet. Auf meine Faktensammlung und Anfragen dazu erhielt ich nur von Astronomie Heute eine aussagekräftige Antwort: „...wir haben leider bisher keinen Experten gefunden der das prüfen kann." Eigentlich eine Blamage für die Macher und Medien.

Deshalb ist die folgende Meinung so bedeutungsvoll. Der Projektwissenschaftler Bernard Foing ging noch weiter in welt.de vom 05.09.06: „Die mit ‚SMART-1' angestellten Messungen stellen die Theorien des gewaltsamen Entstehens des Mondes und seiner Entwicklung in Frage." Und das deckt auch wieder die sumerischen Überlieferungen.

Die Variante, die uns die Sumerer hinterlassen haben – und seit über 50 Jahren übersetzt wurde - wird erst gar nicht in Erwägung gezogen. Zur Erinnerung: Der Mond kam mit dem halben Planet Tiamat mit. Da kommen wir noch einmal drauf zurück.
Im Blog „Eine Goldmine im All?" ab 01.04.2010 brachte Herr Khan die Meinung der Wissenschaft zum Ausdruck: „Im gegebenen Kontext der Giant Impact-Theorie ist es eher albern, den babylonischen Schoepfungsmythos zu nennen. Keine Schrift aus der Antike kann zu einem Ereignis, das knapp 100 Millionen Jahre nach der Akkretion des Sonnensystems stattfand, irgendeine nenneswerte Information beitragen." Auf meinen Hinweis zu Prof. Kramer und beide Theorien zu vergleichen – gab es keine Antwort mehr. Aber da stoßen wir wieder auf die „unwissenschaftlichen" Götter!

Die sumerische Variante kann und will die Wissenschaft noch nicht akzeptieren: Wie können Leute vor Jahrtausenden etwas gewusst haben – was wir nicht kennen! Dann wären wir ja nicht mehr allein im All...
„Wer eine Lüge sagt, merkt nicht, welch große Aufgabe er übernimmt, denn er wird gezwungen sein, zwanzig weitere zu finden, um diese aufrechtzuerhalten." - Alexander Pope (1688-1744) war ein bekannter englischer Dichter, Übersetzer und Schriftsteller.
Stellen wir mal die Mondentstehungstheorie Schrittweise vom Kopf auf die überlieferten Füße, eine Übersicht:

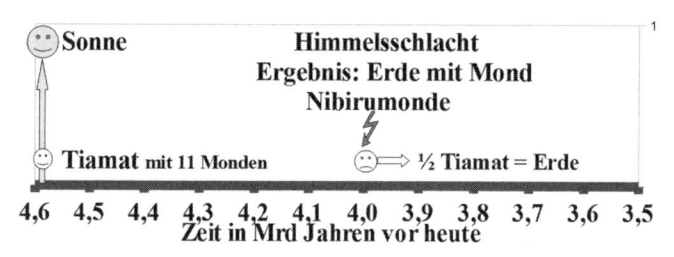

```
  ☉ Sonne              Himmelsschlacht                          1
     ↑              Ergebnis: Erde mit Mond
     |                   Nibirumonde
                             ⚡
   ☺ Tiamat mit 11 Monden      ☹ ⟹ ½ Tiamat = Erde
  ├────┼────┼────┼────┼────┼────┼────┼────┼────┼────┼────┤
  4,6  4,5  4,4  4,3  4,2  4,1  4,0  3,9  3,8  3,7  3,6  3,5
                 Zeit in Mrd Jahren vor heute
```

Bild 18.2: Auszug aus der sumerischen Variante: Erd- statt Mondentstehung, Mondmitnahme Kingu

- Der marsgroße Körper der die Erde traf war ein Mond Nibirus! Damit haben wir auch etwa die Größe einiger Nibiru-Monde.
- Der Himmelskörper der getroffen wurde war nicht die Erde sondern Tiamat!
- Damit ist es auch klar: der Kollisionskörper kam gegenläufig!
- Ein Mond spaltete Tiamat und blieb stecken.
- Nibirus Netzkraft nahm die 10 kleinen Monde Tiamats mit.
- In der zweiten Runde von Nibiru traf ein weiterer Mond von ihm die obere Hälfte des angeschlagenen Tiamat, zerschlug sie und ein Teil der Bruchstücke bildeten den Asteroidengürtel, der heute noch an der Stelle von Tiamat kreist.
- Die entstandenen Bruchstücke haben sich nicht zum Mond vereinigt, sondern sind in den Raum geflogen und haben die vielen Einschläge auf Planeten und Monden vor über 3,9 Mrd Jahren realisiert!
- Ein dritter Mond Nibirus traf nun die untere noch kreisende Hälfte des Tiamat und „schob" sie in eine Lücke im sonst vollständigen Sonnensystem, auf die heutige Erdbahn.
- Tiamats größter Mond Kingu folgte – und so haben wir Erde mit Mond.
- Die meisten gegenläufigen Kometen entstanden gleichfalls hier.
- Da Tiamat einer der ersten Planeten in Sonnensystem war, erhielt er eine Menge Wasser – und auch Gold!

10 Thesen wider die Mondentstehung durch Simulation

Über die genaue Entstehungsgeschichte des Mondes rätseln die Wissenschaftler bis heute
Stefan Deiters, astronews

Die Theorie wurde erstmals in den 60iger Jahren von Hartmann und Davis vorgestellt. Erst seit einer Konferenz der Mondforscher im Jahre 1984 setzte sie sich allmählich durch. Als Impakt-Theorie (Giant Impact) hat sie verbreitete Unterstützung in der Planetologen-Zunft. „Unser Modell ist das wahrscheinlichste Impakt-Szenario, da es mit einer einzelnen Kollision auskommt und kaum weitere Modifikationen des Erde-Mond-Systems nach der Mondentstehung benötigt", erklärten die Forscher. Die weiteren Forschungen zeigen, dass das nicht so ist!

1. H. Zaun führt in welt.de vom 01.09.06 aus: „Viele Forscher sind von dieser Entstehungsgeschichte des Erdtrabanten überzeugt, doch es gibt auch Skeptiker, die nicht glauben, dass der Mond aus dem Schoß der Erde geboren wurde."
2. Der kosmische Impaktor, der etwa ein Zehntel der Erdmasse hatte, wurde bei der Katastrophe völlig aufgerieben – und das bei einem Streifschuss?
3. Die entstandene Scheibe um die Erde bestand aus etwa 20.000 Bruchstücken. Aus den zertrümmerten Teilen des Impaktors und den Erdanteilen - vgl. Asteroidengürtel - formte sich in max. 1000 Jahren der Mond und hatte nach 100 Millionen Jahren eine verkrustete Oberfläche. Wir sehen aber, das weder der Asteroiden- noch Kuipergürtel, noch die Ringe der Planeten – obwohl sie Monde (Konzentrationspunkte) haben und sich im Alter kaum unterscheiden – Planeten oder Monde geworden sind.
4. Was passierte mit dem Rest der Masse? Eigentlich blieb fast die marsgroße Masse übrig, da ein Teil der Erdmasse (strittig zwischen 50% und deutlich weniger) ja mit verteilt und Mond wurde. Der Mond ist immerhin nur ein 81stel und Mars 1/9 der

Erdmasse. Ist der Teil im All „verschwunden"? Manche sagen: ja – die Meisten gar nichts darüber aus, bestimmt aber soll damit die in die Erde geschlagene Lücke wieder aufgefüllt worden sein.
5. Prof. Deiters in astronews.com vom 21.08.2001: „Immer war es nötig, weitere Ereignisse zu einem späteren Zeitpunkt anzunehmen."
6. Um aber die Entstehung der Mond-Krater vor 3,9 Mrd. Jahren zu erklären, benötigt die Wissenschaft „...das letzte schwere Bombardement vor rund 3,9 Milliarden Jahren..." H.-M. Hahn in FAZ vom 30.01.09. Doch woher nehmen?
7. Ergänzend zur Schlussfolgerung des Projektwissenschaftlers Bernard Foing, s. o., gibt es eine vergleichbare Diskussion: „Die verschiedenen Entstehungstheorien des Mondes müssen neu diskutiert werden", sagte ESA-Sprecher Bernard von Weyhe.
8. Aus den Daten der NASA-Mondsonde Lunar Prospector ergeben sich mehr Argumente gegen den Giant Impact als für ihn:
- Es bleibt auch immer noch die Variante, dass die Erde den Mond eingefangen hat – woher?
- Weitere Forschungen zur Größe und dem Kerninhalt des Mondes sollen sogar „...klären, ob die Theorie des „Großen Einschlags" stimmt, oder ob der Mond doch auf eine andere Weise entstanden ist." Wissenschaft-online vom 19.03.1999
9. In welt.de vom 01.09.2006 stellt H. Zaun fest: „Auch wenn das erdnächste Gestirn der am besten erkundete Himmelskörper ist, bleibt er gleichwohl ein Buch mit sieben Siegeln: Wie entstand der Mond? Er zitiert B. Foing: „Unser Wissen ist erstaunlich lückenhaft. Wir können noch nicht einmal mit Sicherheit sagen, wie der Mond entstanden ist."
10. In einer Simulation lassen sich Parameter solange verändern, bis etwa das herauskommt, was man wünscht. Wenn man von unrealen Voraussetzungen ausgeht, weil man es (noch) nicht besser weiß, wissen darf, dann erhält man natürlich auch ein Ergebnis. Insgesamt wirken zu viele Zufälle und sind im Gesamtkomplex so nicht nachvollziehbar. Die wissenschaftlichen Aussagen sind kontrovers!

Für die Leser dieser Mondentstehungstheorie bleiben viele Fakten unklar. Große Zahlen und Worte sollen über viele Unstimmigkeiten hinwegtäuschen. Die deutschen Beschreibungen des „Giant Impact" sind deutlich lückenhafter, werfen damit mehr Fragen auf als die englischen Texte.

Älter als gedacht

Ein anderer Beitrag befasst sich mit den **Saturnringen**. Hier hieß es in Astronomie Heute vom 14.02.07: „Saturnringe viel älter als gedacht?" Meine Leserzuschrift dazu wurde nicht veröffentlicht. Ein Teil (alles?) der Ringe kann Material aus der „Himmelsschlacht" sein.

Einige Wissenschaftler haben vermutet, dass **Pluto ein früherer Mond** eines Planeten war – und sie waren damit der Überlieferung der Sumerer nahe: Saturn. Sie wussten das zwar nicht konkret – aber immerhin. Heute ließe sich das simulieren oder nachrechnen, vgl. a. Bild 3.4.

Im Frühjahr 2006 begann die Auswertung der **Sonde »Stardust«** und dazu schrieb spektrumdirekt/AH einen kurzen Bericht vom 14.03.06: „»Stardust« überrascht Forscher". Hier wurden Fakten festgestellt, die eigentlich bei der Entstehung des untersuchten Schweifsternes Wild 2 nicht möglich wären. Man fand „...auch Gesteinsmaterial, das sich nur unter sehr hohen Temperaturen bildet." Man war von kalter Bildung ausgegangen und fand Metallverbindungen, die in einem noch „unverstandenen Mechanismus" bei über 1000°C entstanden waren.
Glauben wir den Überlieferungen, ist dieser und viele andere Kometen in der „Himmelsschlacht" entstanden. Und da gab es genug Aufprallenergie zwischen Monden, dem Tiamatmaterial, den Asteroiden. Meine entsprechende Leserzuschrift wurde - gelöscht.

Wissenschaft bestätigt indirekt „Himmelsschlacht"

Immer wieder liest man, dass vor über 3,8 bis 4 Mrd Jahren auf den Planeten und dem Mond große Einschläge stattgefunden haben. Dazu heißt es in Wikipedia: „Während das „Große Bombardement" inzwischen als eine unzweifelhafte Tatsache(!) angesehen wird, bestehen verschiedene Hypothesen über seine Ursachen." Man kennt den Fakt, hat aber keine Erklärungen dafür.
Die eigentliche Ursache war ein Wanderplanet, Einzelgänge später Nibiru genannt, von dem 3 Monde diese Katastrophe direkt auslösten.
Bis jetzt wird von mächtigen Einschlägen auf Merkur, Venus, Mond und Mars berichtet – aber woher? Auf den äußeren Planeten ist das so nicht nachweisbar.
In der SZ vom 25.06.08 war vom Einschlag eines etwa 2000 km großen Asteroiden auf dem Mars vor weniger als 3,9 Mrd Jahren berichtet worden. Dieser Gesamtprozess wurde uns von den Sumerern als Himmelsschlacht überliefert.

Ergebnisse aus der Himmelsschlacht

Die „Himmelsschlacht" ist vergleichsweise der „Giant Impact" des Enuma Elisch. Die Wirkung von Asteroiden (Teile der Himmelsschlacht, das „Letzte Schwere Bombardement") vor um 3,8 bis 4 Mrd Jahren auf die Planeten und Monde:
- Ein Asteroideneinschlag auf Merkur hat seine Umlaufbahn vergleichsweise stark exzentrisch gemacht, s. Bild 3.3 und es gibt weitere Probleme. Außerdem hat er sehr viele Einschlagkrater im Alter von um 3.8 - 4 Mrd Jahren!
- Der Schlag, den die Venus erhielt, ließ sie ihre Drehrichtung umkehren und verlangsamen – offiziell kennt man keine Ursachen dafür!
- Die Erde kam so als Halbplanet Tiamat auf ihre Bahn. Offiziell war sie aber schon am Anfang da – und Tiamat gab es nicht!

- Der Mars erhielt durch einen 2000 km-Asteroiden eine Abplattung auf der Nordseite und eventuell 2 Monde.
- Der größte Mond Tiamats Kingu erhielt viele Treffer vor um 3,9 Mrd Jahren und folgte der neuen Erde.
- Der sichtbare Rest von Tiamat ist heute der Asteroidengürtel.
- Auch die Außenplaneten haben mit Sicherheit ihre Asteroiden abbekommen, vielleicht sogar den einen oder anderen Mond, der nun erdähnlich sein könnte.
- Die Ringe der Außenplaneten sind mit großer Wahrscheinlichkeit aus der Himmelsschlacht hervorgegangen.
- Die meisten Asteroiden entwichen zum Kuiper-Gürtel, der Oortschen Wolke und weiter in den Raum, insgesamt etwa Erdmasse wurde so verteilt, vgl. a. Tafel 2.2.
- Teile des Wassers vom Tiamat sind auf der Erde und in den Kometen.

Ufos und prähistorische Raumschiffe

Im Heft Kontakt AH 5/06 räumt der Autor Dr. Shostak aus Kalifornien ein: „Ufo-Sichtungen gibt es jetzt seit einem halben Jahrhundert..." Die Praxis weist zwar viel mehr nach. Aber: Obwohl dieser Beitrag im Spektrum der Wissenschaft Verlag veröffentlicht wurde, wird er sogar von seinen Mitarbeitern einfach ignoriert z. B. in einen Blog zum Thema „UFOs entstehen im Hirn!" Der Moderator und der Vertreter der GER/CENAP lagen sich zum Schluss „in den Armen" - ich bekam mindestens die „gelbe Karte" mit meinen Zitaten eines Raumschiffes aus der Bibel Ez 1,4-28, Bild 18.3.

Herr Blumrich erarbeitete sogar ein Patent auf das Rad im Rad. Selbst das Zitat des Mondastronauten Dr. Mitchel „Roswell fand statt" fiel bei ihnen durch. - Ein „Rückfall in die Steinzeit" der Gedanken...

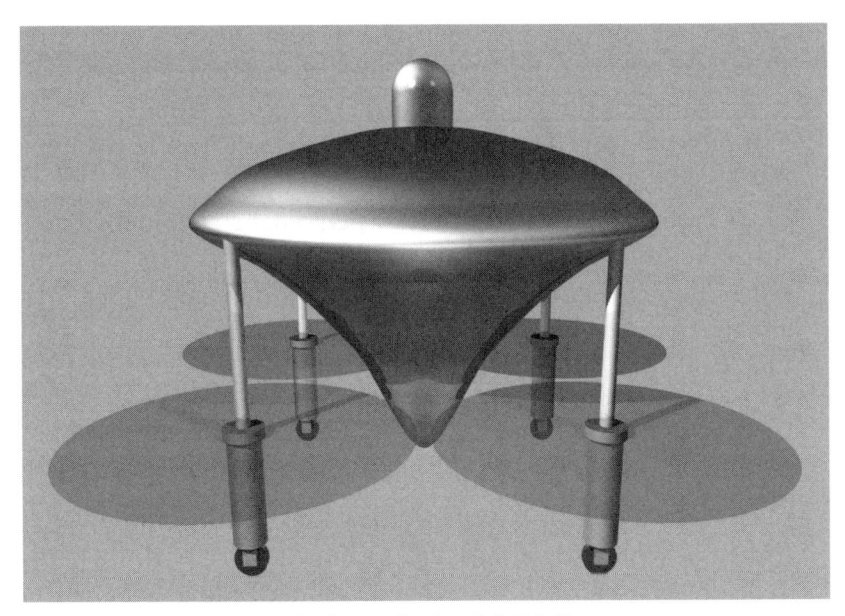

Bild 18.3: Ez-Fluggerät nach Blumrich, Graphik Eik D.

Die sumerischen Keilschrifttafeln haben überliefert, dass der König Alalu vor etwa 450.000 Jahren auf die Erde kam. Meist fand danach fast alle 3600 Jahre ein Raketenflug Nibiru – Erde und anschließend umgekehrt mit Goldfracht statt.
Im Indien vor um 5000 Jahren flogen viele Vimanas - wird in den Veden überliefert.

Der Universalgelehrte G. Bruno und Außerirdische?!

Der Universalgelehrte G. Bruno hatte schon 1584 aus Überzeugung gelehrt: „Die unzähligen Welten im Universum sind nicht schlechter und nicht weniger bewohnt als unsere Erde." Er wurde dafür im Jahr 1600 als Ketzer verbrannt, ZDF: Die geheime Inquisition 01/03. Und heute? Würde er mit seiner Meinung keine Professur erhalten! - Wir sind wissenschaftlich und medienoffiziell nicht einen Schritt weiter! Es blieb der nicht überall zitierte Lichtblick des Vatikans im Januar 2002: Gott erschuf auch Außerirdische und im Jahr 2008 hieß es schon: Bruder Außerirdischer.

G. Bruno ist bis heute noch nicht offiziell rehabilitiert. Dass es hier entgegengesetzte Meinungen „der Kirche" gibt, habe ich in einen Blog des Spektrum Verlages eingebracht – aber keine Antwort erhalten. Was schreiben die „Kirchenleute"? Dr. Blume im Blog bei Spektrum: „Auch Giordano Bruno wurde im Jahr 2000 rehabilitiert - seine Verurteilung war auch nach heutigem, kirchlichem Selbstverständnis Unrecht." Dr. Kissler schrieb mir ...unter Bezugnahme auf Brandmüller: „Was Giordano Bruno anbelangt, so ist eine Rehabilitation unmöglich, denn er war kein Christ... Doch verurteilt wurde er, weil er sich selbst überschätzte. (...) Er war eben kein Wissenschaftler, sondern ein Theoretiker der Magie, ein hermetischer Philosoph. - Niemand innerhalb der Kirche schaut, soweit ich weiß, anders als mit Scham und Bedauern auf diesen Scheiterhaufen zurück."

Dr. Blume antwortete mir und verwies auf: http://religionswissenschaft.twoday.net/...289394/. Hier ging es um das Zitat: „Wussten Sie, dass lange vor Nikolaus Kopernikus, Giordano Bruno, Galileo Galilei und Albert Einstein mit Nikolaus von Kues ein anerkannter Theologe das Undenkbare dachte und schrieb: nämlich nicht nur das geozentrische Weltbild hinter sich ließ, sondern sogar behauptete, dass auch die Sonne nur ein Himmelskörper in einem unendlichen Universum ohne fixen Mittelpunkt darstelle? Und vermutete, dass es auf anderen Welten ebenfalls Leben geben könnte?" Und? Es gibt wissenschaftlich nur eine sehr verhärtete Front – s. Prof. Lesch Kapitel 5!
Weiter Dr. Blume: „Ein schöner, wichtiger Satz des Giordano Bruno, der da zitiert wird, und der (wieder einmal) zeigt, daß Atheisten kein Recht haben, Giordano Bruno als ihnen zugehörig zu deklarieren." So sehe ich das nicht, da ich davon ausgehen kann, dass Religion und Wissenschaft für die Menschen eigentlich einmal zusammengehört haben!

Weiter: „Wer z. B. über außerirdisches Leben und mögliche Religionen ernsthaft sinniert, dem wird die lächerliche Intoleranz mancher Zeitgenossen (vgl. „UFOs entstehen im Hirn", Dg), die sich für allwissende Zentren des Universums halten, noch ein Stück bewusster. Gleichzeitig wächst der Respekt vor jenen, die sich bereits vor Jahrhunderten das Denken nicht verbieten ließen."

Etwas speziell sieht das bei unserem Astronauten Walter aus. Auf RTL II habe ich im Februar 2000 die Serie gesehen: Ufo 2000. Alle Astronauten und Kosmonauten der Erde betonen die Schönheit und die Verletzlichkeit unserer Erde. Der Astronaut Dr. U. Walter forderte aus seiner Erkenntnis heraus im RTL-Interview: **Die Wissenschaft möge sich doch dem Ufo-Phänomen widmen.** (Herr W. Walter [CENAP] bestätigte mir zwar im Sommer 2008 dieses Interview bei RTL, nahm aber selber keine Lehre daraus an.)
Ein Jahr später wurde der Astronaut gegen seine frühere Erkenntnis bei Bild der Wissenschaft 2/02 kurz und knapp zitiert: „Da draußen ist keiner." Heute ist er für seine Verdienste um die Raumfahrt Professor. Als Prof., Wissenschaftler darf er nicht über Ufos diskutieren! Es hätte ein Anfang werden können. Ohne Grund hat es die RTL-Interview-Aussage nicht gegeben! Der Mondastronaut Dr. Mitchel bestätigte: „Roswell took place!"

Die Schulwissenschaft darf (noch) nicht wanken

Wer heute in der wissenschaftlichen Welt von Göttern (eigentlich sind es [meist] die vom Nibiru) und ihren „Fahrzeugen" redet – wird doch immer noch ausgelacht! Die Wissenschaft hat förmlich Angst, zeigt ein aggressives Auftreten und ihr Widerstand symbolisiert deutlich, dass ihr schulwissenschaftliches Gebäude sich nicht mehr lange so halten kann. Wir haben die „Erdscheibe" in den Köpfen noch nicht überwunden!

Zum Abschluss ein wichtiges Zitat aus dem Jahr 3760 v. Chr. (Buch Enki): Anus väterliche Worte, Anweisungen des Abschieds und des Rates im Jahr 3760 v. Chr. gab er seinen Kindern...: „Was auch immer die Bestimmung für die Erde und die Erdlinge vorgesehen hat, so möge es geschehen! Wenn dem Menschen und nicht den Anunnaki vorbestimmt ist, die Erde zu beherrschen, sollten wir das Schicksal befördern! Gebt der Menschheit das Wissen, teilt mit ihnen in Maßen Geheimnisse des Himmels und der Erde. Die Regeln der Rechtschaffenheit sollt ihr sie lehren und sie dann verlassen!" Dann flog er von Nasca aus zurück zum Nibiru.
Haben wir was gelernt? Ein krasses Beispiel: Die Sphingen im Eingang zum Karnak-Tempel sind Widder – weil sie im Widder-Zeitalter gebaut wurden. Marduks/Amuns Zeichen war der Widder.
Der Sphinx auf dem Pyramidenareal ist ein Löwe, weil alles im Löwenzeitalter vor über 12.000 Jahren gebaut wurde! Aber die Wissenschaft unterdrückt diesen Zusammenhang und besteht (noch) gegen jede Vernunft auf ein Alter von 4500 Jahren.

Hier beherrscht die Angst vor der Veränderung die Wissenschaft. Dr. Blume drückte es im Blog „...Waren die Außerirdischen schon da?" bei Spektrum 3/2010 so aus: „Selbstverständlich haben es neue, wissenschaftliche Befunde und Hypothesen oft schwer - niemandem fällt es leicht, die eigenen Annahmen über Bord zu werfen. Daraus lässt sich aber umgekehrt auch nicht ableiten, dass nun jede abwegige Meinung später als wahr erwiesen würde... Lieber Herr Deistung, mir steht es fern, Ihre Hoffnungen und Glaubensüberzeugungen abzuwerten. Aber bitte sehen Sie ein, dass diese eben genau das auch sind - und eben keine methodisch ernsthafte Wissenschaft." Auch das Raumschiff nach Ez 1,4-28 wird immer wieder mit einem Ufo-Glauben in Verbindung gebracht. Auf diese Weise hofft man auf eine negative Kanalisation der Gedankenäußerer.

19. Das alte und Neue Wissen

Wissenschaft schädigt sich selbst

Fakt ist: Solange man sich naturwissenschaftlich nicht mit unserer Vergangenheit ernsthaft auseinander setzt – sie zumindest teilweise weiter unterdrückt - schaden wir auch der Wissenschaft selber und dem gesellschaftlichen Fortschritt! Warum? Weil wir auf schon gemachte Erfahrungen und Erkenntnisse verzichten - und alles nur, um am alten Wissens„Zopf" festzuhalten. Hier gibt es auch „Irrtümer der Wissenschaft" - mein Beitrag im Magazin 2000plus 12/2007.
Mehrfach habe ich an Wissenschaftler, wissenschaftliche Einrichtungen und Politiker geschrieben, um auf diese Erfahrungen aufmerksam zu machen – von der Wissenschaft gab es nie, von wenigen Politikern wenigstens eine Rückmeldung – aber ohne Folgen.

In der Sendung über Alexandria und seine verbrannte Bibliothek hieß es: „Die Welt könnte anders aussehen, wenn das Wissen der Antike nicht verloren gegangen wäre." Nun hat man eine Königsbibliothek des Königs Assurbanipal in Ninive gefunden: über 25.000 von über 70.000 Keilschrifttafeln, sie wurden übersetzt – und? Die Naturwissenschaft, Medien, Politik... nehmen keine Notiz davon! Also war die Aussage über die Alexandria-Bibliothek alles Andere als wahrheitsliebend! Mittlerweile ist man sich einig geworden, dass die Bibliothek von Alexandria nie komplett abbrannte, sondern mehr dem Zahn der Zeit zum Opfer fiel.

Eine Menge Informationen gibt es auch zur Gen-Forschung. Herr Z. Sitchin, der viele Übersetzungen zusammen trug, nachbearbeitete oder auch übersetzte stellt in seinem Buch „Der kosmische Code" fest: „Wir sind der festen Überzeugung, daß, wenn kompetente Wissenschaftler die in den sumerischen Texten festgehaltenen Daten eingehend und detailliert studieren würden, wertvolle biogenetische und medizinische Informationen ans Tageslicht gefördert würden."

Im Prinzip trifft das auch für andere Fachwissenschaften zu!
Ein Beispiel aus den indischen Veden: Hier wird berichtet, dass die Vimanas mit einem Quecksilberantrieb flogen. Recherchen bei Fachleuten in „Flugzeuge der Pharaonen" ergaben, dass sie keine Erklärung dazu haben. Es gibt mittlerweile eine Menge Fakten und Zusammenhänge – die aber keine notwendige praxisorientierte Forschung ersetzen, aber unterstützen können. Meine Recherchen mit Wissenschaftlern und wissenschaftlichen Einrichtungen in Schreiben und Gesprächen ergaben die strenge wissenschaftliche Zurückhaltung!

Aldous Huxley, engl. Schriftsteller und Kritiker: „Wer so tut, als bringe er die Menschen zum Nachdenken, den lieben sie. Wer sie wirklich zum Nachdenken bringt, den hassen sie."
Bertolt Brecht drückte es etwas drastischer aus: „Wer die Wahrheit nicht kennt, ist ein Dummkopf. Wer die Wahrheit kennt und sie eine Lüge nennt, ist ein Verbrecher."
Damit die Schulwissenschaft ihre Thesen aufrechterhalten kann, geht sie z. B. gegen Erich von Däniken u. a. vor.
Im Silvesterprogramm 2008 sagte ein Kabarettist: „Wir glauben nur was wir sehen. Seit es Fernsehen gibt, glauben wir alles."
Und so kommen wir wieder zu A. Huxley!

Religion und Wissenschaft

Sie gingen einst aus einer Quelle hervor – auch wenn wir das so nicht gleich einsehen wollen! **Diese Quelle sind die Anunnaki.**
S. Estradé sagte: „...daß Wissenschaft und Religion ‚mehr Berührungspunkte haben, als wir uns vorstellen können'". Auch das ergibt sich aus den sumerischen Aufzeichnungen, die der Autor Faber-Kaiser, der Estradé zitiert, noch gar nicht so aus-

führlich kannte. Prof. Gitt (Informatiker) dazu in „So steht´s geschrieben": „...können naturwissenschaftlich relevante Angaben der Bibel und gesicherte Naturerkenntnis als eine Einheit betrachtet werden..." Deshalb kann auch der 6000-Jahre-Erde Kreationismus nicht richtig sein! Das wird um so verständlicher wenn man weiß, dass ein Teil der Inhalte der Bibel (AT) zunächst in sumerisch geschrieben war. Und die Sumerer haben hinterlassen, dass sie ihr Wissen von den Anunnaki vom Nibiru haben. Ich drücke es so aus, dass es eine Menge High-Tech-Informationen in den Heiligen Schriften gibt! Aber das zu akzeptieren? Wie konnten Leute vor uns schon etwas wissen, was wir schulwissenschaftlich noch nicht erarbeitet haben? Es gibt antworten auf Fragen, die so noch nicht gestellt wurden! **Es herrscht (noch) der Alleinvertretungsanspruch der Menschheit (Wissenschaft und Politik) im ganzen Universum!**

Wie die moderne Wissenschaft die Bibel erklärt - eine moderne Himmelsschlacht

Immer wieder können wir feststellen, dass die Wissenschaft die Religion erklärt. Egal ob Sintflut, Sodom und Gomorra, Stern von Bethlehem... wenn man das analysiert ist die Erklärung weder wissenschaftlich noch hat sie etwas mit den Aussagen der Bibel zu tun. Auch hierzu gibt es klare Aussagen der Sumerer.

Lt. Berichten von Wissenschaftlern soll die **Sintflut** vor um 6500 v. Chr. nach einem Dammbruch des Bosporus entstanden sein. Die Arche flimmerte als hell erleuchtetes Schiff über den Bildschirm nicht nur beim ZDF. Das Wasser floss nach unten ins Schwarze Meer – und da frage ich mich, wie kann die Arche rund 300 km weiter durch die Berge auf den Ararat gekommen sein? Wissenschaftlich betrachtet war die Arche ein U-Boot, da es so viel ruhiger im Boot bei Wellengang ist! So wirbeln die Fahrgäste nicht so durcheinander, was in einer wissenschaftlichen Sendung – ohne Arche – eindeutig belegt wurde.

Der Religionswissenschafler Dr. Blume schrieb mir 3/2010 im Blog „Waren die Außerirdischen schon da? Die Faszination des Paläo-SETI" zur Thematik Sintflut und Arche: „Lieber Herr Deistung, die Wissenschaft weiß nichts von „einer Arche auf dem Ararat". Es gibt dafür schlicht keine Belege." Pfarrer erzählen den Gläubigen etwas Anderes. Überlieferungen und Bibel gehen allerdings konform – ist aber noch „unwissenschaftlich"... Weiter schrieb Dr. Blume: „Das Gleiche gilt für Ihre wiederholten Bezüge auf die sumerischen Keilschrifttafeln..."

Warum ist dann nur der Inhalt von 12 (Gilgamesch Epos) von über 70.000 Keilschrifttafeln offiziell veröffentlicht?

Ich fragte ihn, ob ich ihm ein paar Kopien aus dem Buch von Prof. Kramer schicken darf – ich durfte. Eine Reaktion darauf erhielt ich nicht.

Den Zeitpunkt der Zerstörung von **Sodom und Gemorra** konnte Abraham mit Gott verhandeln. Die Wissenschaft erklärt aber ein Erdbeben! Das lässt sich nun aber nicht verschieben! Beim Nachrechnen und vergleichen der Daten der FS-Sendung stellte ich fest, dass es über 300 Jahre früher war. In 300 Jahren kann man vieles wieder aufbauen. Außerdem war es ein nuklearer Angriff vor gut 4000 Jahren.

Der **Stern von Bethlehem** war weder eine Planetenkonjunktion in mehr als 5 AE Entfernung und schon gar nicht eine Supernova, wie es Th. Bührke in bdw 12/00 „Die Mär vom Stern von Bethlehem" schrieb.
Dieser Beitrag hat mit wissenschaftlichen Erkenntnissen nicht viel zu tun, wurde aber als Auftragswerk viel kopiert. Versuchen wir mal ein in 10.000 Höhe fliegendes Flugzeug einem Haus zuzuordnen! Mit einem „Hubschrauber" unter 300 m geht das. Und wie hieß es in der Bibel (Mt 2,9)? „... Der Stern, den sie

schon bei seinem Aufgehen beobachtet hatten, ging ihnen voraus. Genau über der Stelle, wo das Kind war, blieb er stehen."
Das kann kein natürlicher Stern gewesen sein!

Auch **David und Goliat** gehören in diese Reihe. Es ging in der Fernsehsendung um Riesenwuchs und als Ursache Agromalie. Nun war man der Meinung, dass Goliat Agromalie gehabt haben könnte, weil er den Angriff von David nicht gesehen hätte.
David hatte mit der Steinschleuder eine „Fern"-Waffe, während Goliat mit einem Schwert angetreten war. David vertraute auf Gott und sein Stein traf Goliat und durchschlug seine Stirn.
Der Umgang mit Steinschleudern war sehr aktuell und Soldaten lernten so recht exakt zu treffen – aber David hatte als Hirte geübt.

Das Ufo-„Problem"

Wer hält denn UFOs für realistisch? Prof. Mack „Entführt von Außerirdischen": „Die gegenwärtige westliche Lehrmeinung, daß wir im Universum allein sind und nur mit unseresgleichen Kommunikation pflegen, ist im Prinzip nur die Meinung einer Minderheit, eine Anomalie."

Andreas H. bekam eine Einladung und wurde von einem Zubringer-Raumschiff mit einem Durchmesser von gut 50 m abgeholt. Bild 19.1 ist eine Gedächtnisskizze.
Die sichtbaren Halbkugeln sind Teil des Antischwerkraftantriebes.

Bild 19.1: Gedächtnisskizze eines Zubringer-Raumschiffs Archiv: A. Heinisch

Ob Ufos damals (Ezechiel 1,4-28 vor knapp 2600 Jahren) oder heute ist es das Prinzip schreibt Faber-Kaiser: „...offiziell zu leugnen und lächerlich zu machen - und genauso einen schon stattgefundenen hypothetischen Kontakt mit ‚ihnen'". Doktor Gee (US-Spezialist Magnetismusforschung) wurde deswegen mal gefragt, warum die Geheimhaltung? Faber-Kaiser zitiert ihn: „... eine Störung religiöser Überzeugungen zu vermeiden." Eigentlich geht es darum, eine bestimmte Machtstruktur zu erhalten. Hier möchte ich noch einmal an König Anu aus dem Jahr 3760 v. Chr. erinnern: „Gebt der Menschheit das Wissen, teilt mit ihnen ...!" Und heute ist es so, dass die Lüge – auch durch Wiederholung gefestigt – oft eher geglaubt wird, als die Wahrheit! Hier mehr oder weniger bekannte Beispiele, allgemein: „Wir sind allein im All" - „Es gibt keine Ufos", konkret:
- bild der wissenschaft: „Da draußen ist keiner."
  Astronaut Prof. Walter
- Pro 7: „Es gibt keine Hinweise für außerirdisches Leben und Ufos."
- ARD: „Dieses Leben auf der Erde ist einzigartig im ganzen Universum! Es ist fast alles erforscht!"
- Dazu passt dann im Interview von H. Zaun: Prof. Lesch ist „...davon überzeugt, dass das Leben auf der Erde seinen Anfang genommen hat und nicht anderswo."
- Richtig sagt Prof. Lesch: „Wir leben bedauerlicherweise nicht mehr im Zeitalter der Aufklärung." Damit ist er sein eigener Gegner! Aber das scheint er nicht zu wissen. Auf mehrfache Anfragen - gab es keine Antwort.

Der schwere Wechsel

Herr Fischer in welt.de vom 06.02.06: „Neue Theorien setzen sich spät durch - mit dem Tod bisheriger Meinungsführer.": „Das zeigt sich in der Bemerkung von Max Planck, dem zufolge sich neue Ideen in der Forschung nicht etwa dadurch durchsetzen, daß die Anhänger der alten Vorstellungen überzeugt werden. Es ist vielmehr so - nach Planck -, daß die Vertreter der alten Theorie aussterben müssen, um dem Neuen Platz zu machen. Irgendwann leben und lehren dann nur noch die Begründer der neuen Konzepte." Irgendwann... die Alten sorgen schon dafür, dass die Jungen nicht zu weit denken! Und so gesehen ist sich die Wissenschaft aus niederen Gründen selbst im Weg. Das zeigt sich seit Jahrhunderten u. a. darin, dass man Außenseiter unterdrückt (er war nur ein Mönch, hat nur mit Erbsen experimentiert), es dauerte fast 40 Jahre bis zur Anerkennung Mendels (1822-1884) als Vater der Vererbungslehre.

Quereinsteiger mag man nicht (man musste ihn anerkennen, weil er Keilschriften übersetzen konnte: den Autodidakt George Smith (1840-1876). Hobbyforscher werden gelinkt...
Eine Meinungsunterdrückung kann auch so aussehen: „Etliche Ihrer Beiträge fallen da aus dem Rahmen,..." - es ging um meine nach 4 Jahren gelöschten Leserzuschriften zu aktuellen Themen, die nicht die Regeln verletzten - außerdem wurden Behauptungen aufgestellt, die sie auf Anfrage nicht beweisen konnten.
Aber selbst in den „eigenen" Reihen war/ist man unerbittlich: Prof. A. Wegeners Theorie der Kontinentalverschiebung brauchte 50 Jahre bis zur Anerkennung. Beim Sumerologen Prof. Kramer reichen nicht einmal die 50 Jahre! Auf ihn wird in Diskussionen nicht eingegangen.

Auch wenn wir uns noch nicht so richtig daran gewöhnt haben, gewöhnen können, wollen... wir haben High-Tech-Informationen aus einer Zeit schriftlich überliefert bekommen, als es uns (homo sapiens) noch nicht gab.

Man entdeckt keine neuen Erdteile,
ohne den Mut zu haben,
alte Küsten aus den Augen zu verlieren!
André Gide, franz. Schriftsteller

20. Fakten, Fragen und Bedenken, die öffentlich „abweichen"

Eine kleine Auswahl

1530 zeichnete der türkische Admiral Piri Reis eine Karte, auf der die Umrisse des Landes der Antarktis aus heutiger Sicht sehr genau enthalten sind. Woher hatte er die Informationen? Die Antarktis ist der Wissenschaft rund 100 Jahre bekannt und noch kürzer die Lage des Kontinentes unter dem Eis. Eisfrei war die Antarktis ev. das letzte Mal zur Zeit der Sintflut vor knapp 13.000 Jahren!

Der Stamm der Dogon in Afrika weiß seit Jahrhunderten (wenn nicht länger), dass der Sirius zwei dunkle Begleiter hat, die wir erst mit unseren Fernrohren sehen konnten.

In China hat man in einem Grab vor fast 40 Jahren die Mumie der Adligen Xin Zhui (218-168 b.C.) gefunden, die in einer Flüssigkeit die über 2000 Jahre überstand. Als Grabbeigabe hat man u. a. eine Karte gefunden, die nur mit einer heutigen Satellitenaufnahme vergleichbar ist. Ein Buch beschrieb Krankheiten, die wir erst seit wenigen Jahre behandeln können. Im Hunan-Museum in Changsha wird alles ausgestellt.

In Ägypten hat man optische Linsen gefunden, die als „Grabbeigaben" deklariert werden. Frühere Beschreibungen weisen aber auf den optischen Einsatz hin.

Zu Zeiten der Götter sind die Figuren auf der Osterinsel allein gegangen, die „Balken" von Nan Madol flogen allein durch die Luft. Wir sagen heute, sie hatten einen Antischwerkraftantrieb (wie etwa moderne Ufo's, aktuell oft gesehen: orangene Kugeln (keine Himmelslaternen/Mini-Heißluft-Ballon (MHB) – max.

12 km/h). Bild 20.1 zeigt ein vergrößertes Bild eines Fotos (St. H.). Das Plasma herum ist gut zu sehen, durch die Weite ist die Kugelform etwas verzerrt.

Für die CENAP sind das alles MHB´s – auch wenn sie mit über 200 km/h fliegen.

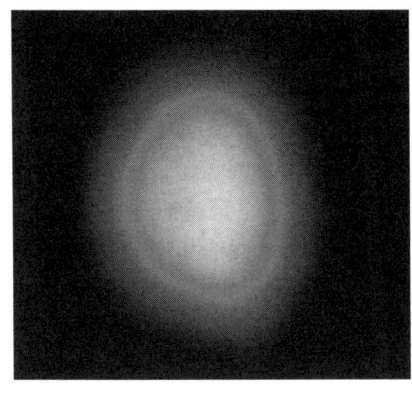

Bild 20.1:
Orangene Kugel, Außenplasma, durch Ferne etwas verzerrt

Bedenken

Die Bibel wurde mehrfach bearbeitet, überarbeitet und als „Die gute Nachricht in heutigem Deutsch" herausgegeben. Allerdings gibt es Bibeln von 1913, die auch in heutigen Ausgaben noch fast die gleiche Wortwahl finden.
Schriften wurden aus der Bibel entfernt, in der Mehrzahl zwischen 200 v. und 400 n. Chr. Die rausgelösten Schriften werden heute als „Die Apokryphen" - verborgenen Bücher der Bibel (fast 600 Seiten) – außerhalb des Christentums geführt. Es betrifft sowohl das AT als auch das NT. Die Kapitel der Apokryphen werden aber nicht einheitlich von der Religion in verschiedenen Ländern behandelt.

Zu einigen Geschichten der Bibel wird auch gesagt, das es sie so oder überhaupt nicht gegeben hat, haben kann. Dazu zählen Einige Jonas und seine Rettung – die Geschichte mit dem Walfisch (U-Boot).
Texte der Bibel werden generell angezweifelt und mit bis zu 40% als nicht zugehörig angegeben.

Andere meinen, dass das von Blumrich rekonstruierte Raumschiff (EZ 1, 4-28) so nicht fliegen kann und denken dabei zuerst an die Instabilität des großen Körpers bei starken Wind. Selbst Blumrich betrachtet es nicht als absolut – wir wissen ja auch gar nicht, wie die genaue Massenverteilung war. Heutige Militärflugzeugen wie Jäger oder die B2 stürzen wie ein Stein ab, wenn der Computer als System ausfällt, ausfallen sollte – aber sie fliegen. Wie das geht, werden wohl die Konstrukteure von damals gewusst haben!

Ein Projekt Roton, dass sich als einfache Variante nach Ezechiel ableiteten lässt, scheiterte in der Praxis – aus Geldmangel. Von Fachleuten wurde es allerdings gut bewertet. Es wird noch nicht das letzte Projekt gewesen sein das scheiterte. Schon vor Jahren ist der Kampf um die Urlauber in gut 10 Jahren entbrannt, die man gern in den Weltraum bringen möchte.

Abraham erkannte den Herrn, als er mit seinen Begleitern auf sein Zelt zu kam und später aßen sie zusammen: 1 Mo 18.
Moses wollte das Gesicht des Herrn sehen – und durfte es nicht: 2 Mo 33,23.
Sind hier Parallelen zu sehen? Es stellt sich auch die Frage: Können beide Götter (bei Abraham und Moses) der gleiche gewesen sein?
Der Islam darf kein Gottesbild haben. Es gibt Kreise, die sprechen von Lichtgestalten im göttlichen Bereich – und Gott (Urgottvater) strahlt soviel Licht/Energie aus, dass er jeden Menschen ungeschützt töten würde.

Wissenschaft und Religion

Sie waren vor mehreren Tausend Jahren eine Einheit – und heute - sind sie wie Feuer und Wasser. Keiner will so richtig vom Anderen etwas wissen. Was irgendwie mit Göttern in Verbindung steht, so anklingt wie Mystik – ist (noch) kein Gebiet der seriösen Schulwissenschaft. Erinnern wir uns an Prof. Linke: „Viele deutsche Wissenschaftler fürchten, ihr Gesicht zu verlieren, wenn sie sich auf religiöse Fragestellungen einlassen."

Das sieht man in Indien recht normal. Die frühen Geschichten der Völker gibt es wohl nicht ohne Götter! Und so findet die Schulwissenschaft wohl immer noch eine Begründung, um sich nicht damit befassen zu müssen.

Folgen wir in unserer Zeit den Erkenntnissen der Vergangenheit – auch wenn es noch schwer fällt – um die Zukunft besser zu meistern!

Die Schulwissenschaft hat sich ein Weltbild ohne Außerirdische, Götter und Lehrmeister aufgebaut – das kann sich doch nicht plötzlich ändern! Also wird vielseitig gegen gehalten, verunglimpft, verschwiegen. Das weltweite Wissen der Völker über Götter und Lehrmeister wird einfach ignoriert.

Auf der anderen Seite hat der fundamentalistische Kreationismus ein Zeitverhalten entwickelt, dass der Erde nur 6000 Jahre Entwicklung einräumt. Beides sind Extrempositionen, die sich durch bessere Einsichten (hoffentlich) nicht mehr lange halten können!

Die Weltgeschichte ist länger, umfangreicher und auch anders, als es uns je gelehrt wurde! (vgl. Bild 1.2 mit Diskussion)

„Die Erde als einzig bewohnte Welt im unendlichen Weltraum zu betrachten ist so absurd wie die Behauptung, in einem ganzen Hirsefeld wüchse nur ein einziges Korn."
(Metrodorus, griechischer Philosoph im 4. Jahrhundert v. Chr.)

Und wenn ein Dr. oder Prof. etwas sagt, dann haben wir das gefälligst zu akzeptieren - auch wenn sich leicht etwas Anderes beweisen lässt! Es gibt aber auch feine Nuancen!

21. Fazit

Die Schulwissenschaft hat sich in ihrer früheren Unwissenheit ein Weltbild erarbeitet, das heute so nicht mehr stimmt, weil wir nicht allein im All sind. Ein Schritt zu einer Wende ist noch nicht in Sicht. Hier können wir sehr gut vergleichen: mit der Zunahme der Kenntnisse über unser Sonnensystem funktionierte die Erdscheibe nicht mehr. Es war eine schwere Geburt zur Erdkugel.
Heute wird immer noch behauptet: Wir sind allein im All und „UFOs entstehen im Hirn". Obwohl es seit über 50 Jahren klare und eindeutige Erkenntnisse gibt, dass es nicht so ist, halten sie offiziell am alten Zopf krampfhaft fest. Eigentlich ist es richtig, wenn wir von Jahrtausenden ausgehen.
Ob Hobbyforscher, Quereinsteiger oder Wissenschaftler – wer sich zu weit aus dem schulwissenschaftlichen Gebäude lehnt wird ausgelacht, diffarmiert, todgeschwiegen...

Es finden sich eine Menge Leute, die eine Störung ihrer bisherigen Arbeit durch neue, weitergehende Erkenntnisse vermeiden wollen.
Sie arbeiten mit dem Bonus der Unfehlbarkeit – auch wenn sie die Unwahrheit sagen (ja sogar sagen müssen) – es prüft ja keiner nach, weil sie im System gefangen sind. Und Denjenigen die das erkennen – müssen sie das Wort verbieten, sie in Foren löschen – und schon gar nicht Artikel schreiben lassen – jedenfalls nicht in unseren „wissenschaftlichen" Zeitschriften. Eine Problemdiskussion? Wo kommen wir denn da hin! Im Blog ist es differenzierter.

Und so wird alles was mit Sumer, dem Nibiru und den überlieferten Erkenntnissen – einschließlich aus Indien... - zu tun hat schulwissenschaftlich unterdrückt. Der Universalwissenschaftler Giordano Bruno würde heute keine Professur erhalten können –

oder er müsste dem Wissen über außerirdisches Leben „abschwören", vgl. Prof. Walter.

Galileo Galilei „sagte" einmal: Und sie dreht sich doch!
Dem möchte ich hinzufügen: Wir sind nicht allein im All – nicht einmal in unserem Sonnensystem! Wir müssen die „Erdscheibe" in den Köpfen überwinden!

22. Ewiges Leben?

Ein vergessener Pionier

Geht denn das? Fragen wir dazu Dr. Alexis Carrel (1873—1944), einen französischen Physiologen. Haben wir denn keinen moderneren Mediziner? Ich habe keinen anderen gefunden, der dazu so aussagekräftig wäre.
Dr. Carrel erhielt für seine wichtigste Arbeit zur Untersuchung der Zellen 1912 den ungeteilten Nobelpreis für Medizin und Physiologie: „Die Zelle ist unsterblich. Es ist bloß die Flüssigkeit, in der sie schwimmt, die degeneriert. Wenn man diese Flüssigkeit in Abständen erneuert und den Zellen die nötige Nahrung gibt, so wird der Puls des Lebens nach allem, was uns bisher bekannt ist, ewig schlagen." Dr. Carrel gelang es, Zellen eines jungen Hühnerherzens 34 Jahre lang in einer Nährflüssigkeit am Leben zu erhalten – und hat es dann selbst beendet.

Bei meinen Recherchen bin ich auf keine öffentliche Fortsetzung dieser Arbeiten gestoßen.
Weiterhin schuf er Grundlagen für eine Blutübertragung sowie zur Transplantationsmedizin.
Deistung, K.: Motor des Lebens. Kommentar vom 01.06.08 in
http://www.welt.de/hamburg/article2055663/Kuenstliches_Herzgewebe_zum_Schlagen_gebracht.html

Langlebigkeit

König Gilgamesch - als 2/3-Gott - wollte gern die Langlebigkeit erreichen. Er wusste, dass die Anunnaki-Götter „ewig" leben. Auch sie waren prinzipiell sterblich – aber nach einigen 100.000 Jahren – ohne Unfall!
König Gilgamesch wusste auch, dass er deshalb zum Nibiru fliegen müsste, um Gott/König Anus Segen/Einverständnis zu erhalten. Die Anunnaki hatten dazu auch ein

„Brot und Wasser des Lebens"! Und nun vergleichen wir mit Dr. Carrel: Flüssigkeit und Nahrung für die Zelle!
Adam, Noah und Henoch sollen damit „geadelt" worden sein.

Auf der Erde arbeitet die Wissenschaft an der **Verlängerung des Lebens.** Ein gesundes Leben in sozialer Sicherheit und Senkung der Kindersterblichkeit haben die Lebenserwartung kontinuierlich erhöht.

Beispiel Indien

Bemerkenswert und ein guter Vergleich ist dieser Prozess in Indien. Die Bevölkerung hat sich innerhalb von 60 Jahren seit 1950 um den Faktor ~3,4 vergrößert. Das entspricht einem Anstieg von etwa 14,2 Millionen pro Jahr (Einw. 1,2 Mrd 2009). Die Geburtenzahl reduzierte sich seit 1970 in den letzten 40 Jahren auf die Hälfte ~2,6 Kinder pro Frau (D knapp 1,5).
Der eigentliche Bevölkerungsanstieg kommt trotz sinkender Geburtenzahl durch die immer höhere Lebenserwartung der Menschen zum Ausdruck. Es fehlen noch um gut 100.000.000 Einwohner, damit Indien mit China gleichzieht. Bei dem gegenwärtigen Wachstum wären es etwa 8 Jahre.

Forschung heute

Die „eigentliche" wissenschaftliche Arbeit zur Lebensverlängerung setzt jetzt erst ein. Es gilt die Bedingungen zu erforschen, die uns deutlich altern lassen. Als Gegenmaßnahmen hat man zwei Richtungen im Visier:
- die Wirkung von Antioxidantien, auch Oxidationshemmer zum Schutz vor Schädigungen von z. B. Zell-Kernen und -Membranen
- eine andere wirkt auf die Zellteilung ein.

Die Telomere (griech. „Ende" und „Teil") sind die natürlichen einzelsträngigen Chromosomenenden linearer Chromosomen. Die exakte Struktur bedarf weiterer Forschung.

Problem: Mit jeder Zellteilung werden die Telomere verkürzt – bis es nicht mehr geht - Zelltod. Die Wirksamkeit einer Telomerase (auch als Schutzkappe im Fernsehen dargestellt) kann die Verkürzung prinzipiell verringern/verhindern – ein wichtiges Forschungsgebiet.

Als ein Ergebnis der Lebensverlängerung wurde gern angeführt, dass es bei Würmern 4-fach geklappt hat. Erfolgreich sind auch die Experimente mit Mäusen – Mausgene sind zu 99% auch im Menschen. Bis die Forschungsergebnisse bei uns verwertbar sind, dauert es aber länger, als es so scheint.

Anunnaki-Götter

Prof. Kramer schreibt durchaus in seinem Buch, dass die Anunnaki als Personen existieren und sie die Menschen nicht nur anleiten. Hier 2 Beispiele, die ich auch in der Blog-Diskussion gebracht hatte.

Landwirtschaft (Kapitel 10): Der erste Bauernkalender mit konkreten Anweisungen „... dass die hier formulierten Regeln nicht von dem Vater des Bauern stammen, sondern von dem Gotte Ninurta, dem „wahren Ackermann" und Sohn der führenden Gottheit Enlil." Er ging aus der Verbindung mit seiner Halbschwester Ninharsag/Ninti/Hathor hervor.

Enlils bekannteste Tochter ist die Göttin Ninsun, die Mutter von Gilgamesch, dadurch ist er 2/3 Gott, s. Kap. 7.

Gartenbau (Kapitel 11): Eine Gedichtsform: Der Gärtner Schukallituga pflanzte schattenspendende Bäume gegen die Erosion. Eines Tages legte die Göttin Inanna ihren müden Leib in der Nähe des Gartens zur Ruhe. Der Gärtner beschlief sie in ihrer tiefen Müdigkeit. Inanna wollte am Morgen um jeden Preis den sterblichen ausmachen. „Deshalb sandte sie 3 Plangen in das Land Sumer."

1. Sie füllte sämtliche Brunnen des Landes mit Blut...
2. Sie überzog das Land mit verheerenden Stürmen und Unwettern.

3. Text zerstört, Inhalt?
Prof. Kramer verweist auf die biblische Exoduserzählung.

Einige Anunnaki waren durchaus über 400.000 Jahre auf der Erde, s. Kap. „Leben auf dem Nibiru" und Tafel 6.1.: 8 Könige regierten 241.200 Jahre. Verantwortliche Posten hatten Ea als Chefwissenschaftler, Ninki als Hebamme der Götter und Enlil als Verwalter - alle Kinder sind von Gott/König Anu und untereinander Halbgeschwister.
Sie stellten auch fest, dass die kürzeren Tage, der schnellere Lebensablauf auf der Erde sich durchaus auf sie negativ auswirkten. Sie wirkten deutlich älter als ihre Eltern, die um das Jahr 3760 v. Chr. zum bisher letztenmal auf der Erde waren.

Die Bibel

Auch wenn sie für einige Wissenschaftler als unwissenschaftlich gilt – ist sie es keineswegs! Sie ist voller High-Tech Informationen. Eine hier interessante Stelle 1 Mo 6.3: „Da sprach der HERR: Mein Geist soll nicht immerdar im Menschen walten, denn auch der Mensch ist Fleisch. Ich will ihm als Lebenszeit geben hundertundzwanzig Jahre." Vorher gab es Zahlen um 900 Jahre.
Die Wissenschaft weiß, dass es Müll-, besser Restgene gibt. Nun ist durchaus die Frage berechtigt: Steckt hier vielleicht ein Lösungsansatz drin?

Schlußfolgerungen

Die Menschheit hat bis jetzt durch herkömmliche Methoden (Lebens-Mittel -Art...) in Bezug auf Lebensverlängerung Einiges erreicht. Die Reduzierung von Kriegsaktivitäten spielt hier auch eine Rolle!
Die Wissenschaft weiß zwar, dass wir noch mehr Menschen auf der Erde versorgen könnten – gut ist das für die Erde nicht,

gehen uns doch jetzt schon die Fische schrittweise aus, viel zu viel Wälder werden gerodet...

Wir brauchen mehr Flächen für Getreide, die Tierhaltung... - und so wird die Natur immer weiter eingeengt.

Im Interesse unserer Erde und dem Leben müssen wir das Problem der Geburtenregelung aufgreifen und nicht wie die Katze um den heißen Brei gehen!
Die Religionen sollten an die Ringparabel denken und nicht Kondome, Pille... im Interesse einer großen Mitgliederzahl verbieten. Das hat mit Religion wenig zu tun – eher mit Machtkampf und im Endergebnis gegen die Erde.

Oft zählt noch Gott Geld mehr als Gott der Herr. Dazu passt eine Prophezeihung der **Cree Indianer:**
„Erst wenn der letzte Baum gefällt, der letzte Fluß vergiftet und der letzte Fisch gefangen ist, werdet ihr merken, daß man Geld nicht essen kann".

Die Erde braucht uns nicht – wir aber die Erde!

Die Göttin Puabi

Quelle: Z. Sitchin „Als es auf der Erde Riesen gab". Kopp 2010
Im Jahr 1928 fand Sir L. Woolley bei Ausgrabungen in Ur das nicht ausgeraubte Grab der **Göttin = Nin** Puabi, eine Enkelin von Ischtar und Schwester Gilgameschs.

Da es Götter physisch nicht geben konnte – auch nicht als Skelett - wurde sie als Königin und modern als Herrin bezeichnet. Eine Genanalyse ihrer Knochen (Naturgeschichtliches Museum London) könnte **DIE** Unterschiede zwischen Anunnaki und dem Homo sapiens offenbaren.

23. Anhang, Erklärungen

Die astronomische Einheit (AE), engl. Astronomical Unit (au)

Schon bei der Angabe der Sonnenentfernung der einzelnen Planeten zeigt sich, dass die Einführung der AE – Entfernung: Sonne Erde - eine gute „Verkleinerung" der großen km-Zahlen mit sich bringt. Eine weitere „Verkleinerung" lässt sich durch Umrechnen in Licht-Minuten erreichen. Mit dem Wert der AE lässt sich diese Zahl leicht ausrechnen. Mit der Lichtgeschwindigkeit

$$v_L = 300.000 \text{ km/s}$$

und der astronomischen Einheit

$$1 \text{ AE} = 150.000.000 \text{ km ergibt sich:}$$

Ansatz 300.000 km entspr. 1 s
150×10^6 km entspr. x s

$$x = \frac{1 \times 150 \times 10^6}{300.000} \text{ in s}$$

$$x = 500 \text{ s} = 500:60 = 25:3 \text{ Minuten}$$

ergibt die Zeit $x = 8\ 1/3$ min   1 AE = 8 1/3 Lichtmin.
=============

Funksignale zu und von Raumsonden sind auch „nur" mit Lichtgeschwindigkeit unterwegs. Und denken wir daran, dass die Stärke des Funksignals bei kugelförmiger Ausbreitung etwa mit dem Quadrat der Entfernung abnimmt – mit Richtantennen (vgl. Satellitenschüssel) sieht das um den Faktor 10 und höher günstiger aus.

Lichtjahr Lj
Zeit, die das Licht pro Jahr zurücklegt, Grundlage 300.000 km/s x 60 in min x 60 in Std x 24 am Tag x 365 im Jahr = $9,4608 \times 10^{12}$ km oder: das Licht legt in einem Jahr 9.460.800.000.000 km zurück, (~$9,5 \times 10^{12}$ km).

Schar
Ein Umlauf des Nibiru um die Sonne entspracht 3600 Erdenjahre. Neu sollen es „nur" 3200 Jahre sein (Zeit der Erdumrundung).

AT und NT
Die 2 Bücher der Bibel – Altes und Neues Testament, die Trennung beginnt mit der Vorbereitung der Geburt Jesu.

Bärtierchen – ein Überlebenskünstler
Größe: 0,1 bis 1,5 mm, je nach Art
Grenzbedingungen für 10 Tage getestet:
- Weltraumkälte – 270°C
- Vakuum in einer Höhe um 270 km
- ionisierende und kosmische Strahlung
- 2% überlebten den Test

Die Logarithmenrechnung
ist die Umkehrung der Potenzrechnung
(vergleiche: die Subtraktion ist die Umkehrung der Addition)

Global Scaling – eine globale Skalierung aller Größen mit dem natürlichen Logarithmus

Der logarithmus naturalis (natürlicher Logarithmus, Abkürzung ln), ist der Logarithmus zur Basis e (eulerschen Zahl e = 2,7182818...)

Potenz $e^2 = 7{,}389056...$ 2 ist der Logarithmus von $7{,}389056...$
zur Basis e, kurz: ln $7{,}389056 = 2$

Der dekadischen Logarithmus ist der Logarithmus zur Basis 10
Zehner- oder Briggsscher-Logarithmus), Abkürzung **lg**

Potenz $10^2 = 100$
$2 = lg_{10} 100$ 2 ist der Logarithmus von 100
zur Basis 10, kurz: lg $100 = 2$

Tafel 23.1: Begriffserklärungen

Begriff	vergleichbar – Erklärung
Eridu: Heimat, fern der Heimat	1. irdische Siedlung der Anunnaki
geschmiedetes Armband	Asteroidengürtel
Glühsteine	gehört zum Raketentriebwerk, Wasser zur Kühlung der Triebwerke nötig
Helm eines Adlers	Atemschutzhelm
Himmelschiffe	Raketen
IR	Infrarot
Kleid eines Fisches	Raumanzug
Kristall	USB-Stick
Netz	Anziehungskraft eines Himmelskörper
Platz der himmlischen Barken	Flugplatz
Planet des Goldes	Ki = Erde
prograd, regulär, rechtsläufig * Winkel zur Ekliptik	Planeten, Monde gegen Uhrzeigersinn 0 bis 90 Grad
retrograd irregulär rückläufig * Winkel zur Ekliptik	Planeten, Monde im Uhrzeigersinn 90 bis 180 Grad
raketenwerfendes Gefährt * Besonderheiten:	ehemaliger König Alalu „Air Force 1" hatte Flügel für Start und Landung konnte auch wassern
Sprecher	Funkgerät
Waffen des Schreckens	Atomraketen, Abschuss vom Flugzeug

Mondalter Prof. Kleine, Februar 2010: „Die Altersangabe von **4527** Millionen Jahre für die Entstehung des Mondes ist in der Zwischenzeit revidiert worden. Einige der für diese Altersbestimmung benutzten Proben sind durch bis dato unbekannte Bestrahlungseffekte verändert gewesen. Basierend auf die Proben, die diese Effekte nicht haben, ist der Mond zwischen 50 und 100 Millionen Jahren nach Entstehung des Sonnensystems vor **4.568 Milliarden Jahren** entstanden." Die Pressemitteilung der UNI Münster vom 26.05.2010 15:47 nannte wieder die „alte" Zahl von **4,53** (4,527) Mrd Jahren. Auf 2 Anfragen erhielt ich keine Antwort.

Diskussion zu Prof. Kramer – aktuell 6/10 nachgereicht

Hin und wieder ergab sich die Möglichkeit, in dem einen oder anderen Blog auf Prof. Kramer hinzuweisen. Das erfolgte auch im Blog http://www.chronologs.de/chrono/blog/natur-des-glaubens/fantasy/2010-05-18/lilith-und-lolth von Dr. Blume vom 18.05.10. Im Blog „treffen" sich oft die gleichen Personen. Zwei haben sich mit Prof. Kramer befasst.

Den **Religionswissenschaftler Dr. M. Blume** hatte ich vorher gefragt, ob ich ihm einige Kopien des Buches „Die Geschichte beginn mit Sumer" schicken darf – ich durfte.
Dazu schrieb er im Blog am 29.05.10 u. a.: „Den Text von Prof. Kramer fand ich z.B. sehr interessant - von einer außerirdischen Stiftung der sumerischen Kultur stand dabei aber NICHTS. Und bitte haben Sie Verständnis, dass ich mir meine Zeit etwas einteilen muss und nicht länger darüber diskutieren möchte, dass der Glauben an eine außerirdische Stiftung der sumerischen Kultur sich nicht auf wissenschaftliche Belege stützen kann."

Herr **M. Khan** schreibt dazu am 29.05.10 u. a.: „Das ging mir genauso. Nachdem Herr Deistung mehrfach angeblich Samuel Noah Kramer zitiert hat, habe ich mich kundig gemacht, was es mit diesem Herrn Kramer auf sich hat... Ich stellte zu meiner Überraschung fest, dass es sich tatsächlich um einen anerkannten, ernsthaften und respektierten Historiker und Sumerologen handelt.
Ich sehe da auch nicht, wo sich das, was Herr Deistung unterstellt, aus der Forschung und den Werken Samuel N. Kramers

ergeben soll. Ich bin froh, dass ich mir die Mühe des Nachforschens gemacht habe. Ansonsten hätte ich einfach weiter angenommen, dass es sich dabei um irgendeinen Ufologen gehandelt hat. Es ist sehr schade, dass auf diese Weise an der Reputation verstorbener Wissenschaftler gekratzt wird, zumal solcher, die als Koryphäen ihres Fachs gelten."

Dr. Blume ergänzte am Abend: „Ja, mir ging es ganz ähnlich - ich schaute es mir an, die Texte von Prof. Kramer sind auf dem Kenntnisstand seiner Zeit m.E. hohes, wissenschaftliches Niveau und von einer außerirdischen Stiftung oder Beeinflußung der sumerischen Kultur findet sich dort nichts.
Wobei ich Herrn Deistung keine böse Absicht unterstellen möchte. Ich nehme an, er glaubt dort subjektiv „Hinweise" auf außerirdische Einflüsse zu lesen, wo schlicht keine sind. Und damit war auch klar, dass bei allem menschlichen Respekt Diskussionen über dieses Thema nur viel Zeit kosten, aber wenig Sinn machen würden..."

Beiden Herren habe ich am 04.06.10 mit Zitaten aus Prof. Kramers Buch geantwortet. – Es war wohl doch etwas Anders, als sie es sich vorgestellt hatten: aus Kapitel 10 und 11 (s. Kap. 22 Ewiges Leben: Anunnaki-Götter S. 183).
Das Wort Stiftung habe ich in noch keinem Zusammenhang mit Sumer gehört - oder gebraucht.

Darauf haben sie nicht mehr geantwortet.

Literatur Himmelsschlacht nach Themen geordnet

Keilschriften und ihre Auswertung
Kramer, S. N.: History Begins at Sumer, Pensylvania 1981, Erstausgabe 1956
Kramer, S. N.: Die Geschichte beginnt mit Sumer. Büchergilde Gutenberg, Frankfurt/M 1959

Sitchin, Z.: Das verschollene Buch Enki. Kopp, Rottenburg 2007 (BuchEnki)
Sitchin, Z.: Der zwölfte Planet. Kopp, Rottenburg 2003
Sitchin, Z.: Am Anfang war der Fortschritt. Knaur, München 1998, neu 2004: Die Hochtechnologie der Götter. Kopp, Rottenburg 2003
Sitchin, Z.: Das erste Zeitalter. Kopp, Rottenburg 2004
Sitchin, Z.: Auf den Spuren der Anunnaki. Kopp, Rottenburg 2009
Sitchin, Z.: Apokalypse. Kopp, Rottenburg 2007
Sitchin, Z.: Die Kriege der Menschen und Götter. Kopp, Rottenburg 2004
Sitchin, Z.: Auf den Spuren alter Mythen. Kopp, Rottenburg 2010
Sigdell, J. E.: Es begann in Babylon. Holistika, Meckenheim 2008

Enuma Elisch
Zimmermann, H.: Enuma Elisch - der mesopotamisch-altbabylonische Schöpfungsmythos. http://www.earlyworld.de/enuma_elisch.htm
Hecker, K. u. a.: Enuma Elisch. Texte aus der Umwelt des Alten Testaments (TUAT),
Gütersloher Verlagshaus - Enuma Elisch: TUAT 3,4 (fast) identisch mit: http://www.dioezese-linz.at/kirchenzeitung/enuma_elisch.pdf
Universität Duisburg-Essen, Institut für Evangelische Theologie
Enuma Elisch: Marduk schafft den Menschen.
http://www.uni-duisburg-essen.de/Ev-Theologie/courses/course-stuff/meso-enuma.htm
Blumenthal, P. J.: Abrahams Söhne - Einigkeit über den Anfang der Welt. P.M. HISTORY 12/2007
http://www.pm-magazin.de/de/heftartikel/artikel_id2417.htm

Gilgamesch Epos
Maul, St. M.: Das Gilgamesch-Epos. Beck, München 2005

Terra X: Fahndung nach König Gilgamesch. Riesiges Puzzle aus Bruchstücken, ZDF-Sendung vom 06.01.2008

http://www.zdf.de/ZDFde/inhalt/28/0,1872,7127612,00.html?dr=1

Gilgamesch-Epos. Reclam 1999

Sumerische Königsliste

WB-144 Sumerische Königsliste http://en.wikipedia.org/wiki/Sumerian_king_list

Roaf, M.: Mesopotamien. Bechtermünz, Augsburg 1998

Fernsehsendungen

Terra X: Das **Delphi-Syndikat** - Das Orakel von Delphi. Antike Überlieferung – ZDF-Sendung vom 15.08.2004

http://www.zdf.de/ZDFde/inhalt/17/0,1872,2079537,00.html

ZDF: Sphinx, Reihe. Mythos Babylon. Sendung am 01.01.2003

Nibiru

Sitchin, Z.: Der zwölfte Planet. Kopp, Rottenburg 2003

Deistung, K.: Hat Nibiru (Planet X) Zeit? Magazin 2000plus, 4/2006, S. 88 - 95

George, M.: Kommt Nibiru in diesem Sommer? Magazin 2000plus Nr. 186/2003, spezial 15, S. 20 – 25

Transpluto aus Wikipedia, der freien Enzyklopädie

http://de.wikipedia.org/wiki/Transpluto

Steel, D.: Zielscheibe Erde, Kosmos 2000, Stuttgart

http://www.edge.org/3rd_culture/bios/steel.html

Tytell, D.: Planet X - Der neue König des Kuiper-Gürtels ASTRONOMIE HEUTE, OKTOBER 2005, S. 20 – 23

Hurley, Jaarod R.; Shara, Michael, M.: Planeten als Einzelgänger. Spektrum der Wissenschaft 02/2003, S. 38-45

Voigt, H.-H.: Das kleine Buch vom Universum. Bechtermünz, Augsburg 1996

Khan, M. In: Hoffmann, S. M.: alte Astronomie, vom 05.11.2009 http://www.kosmologs.de/kosmo/blog/uhura-uraniae/bucher/2009-11-05/alte-astronomie

Sintflut

Behrend, J.-P. Regie: Die Arche Noah und das Rätsel der Sintflut - Dokumentation, Deutschland, 2006, ZDF Sendung vom 04.06.2006

Hirtemann, H.: Die Arche Noah, die Sintflut und der Wissenschaftszweig der Hydrohistory. http://www.hirtemann.de/theorien/sintflut.htm

AFP/bub: Arche Noah im Eis. Artikel vom 26. Februar 2008 http://www.stern.de/wissenschaft/natur/:Samenspeicher-Arche-Noah-Eis/612298.html

AFP: Das Schiff geht bald auf Tour. Arche Noah der Niederlande. T-online, Artikel vom 12.07.2007

Biblisches Raumschiff
Bibel: Ez 1,4-28 und weitere Kapitel
Garner, J.: The Ezekiel Airship. Ezekiel's Wheel - The 1st U.S. Aircraft! Hidden-Mysteries Band 4 http://www.hiddenmysteries.org/themagazine/vol4/ezek.shtml
Blumrich, J. F.: Da tat sich der Himmel auf. 2. Auflage, Ullstein Berlin 1995
Blumrich, J. F.: „OMNIDIRECTIONAL WHEEL" Nr.: US 3,789,947 vom 17. April 1972, Internationale Patent-Klassifikation: B62d 5/02.
Beier, H. H.: Kronzeuge Ezechiel. Ronacher, München 1985

Frühe Bevölkerung
Herausgeber: Joas, H.; Wilke-Primavesi, J.: Lehrbuch der Soziologie. 3. überarbeitete und erweiterte Auflage, Campus, Frankfurt?New York, 2007
Bähr, J.; Jentsch, Ch.; Kuls, W.: Bevölkerungsgeographie. Hsg Walter de Gruyter, Berlin? New York, 1992

Eigene Veröffentlichungen im ARGO-Verlag
Deistung, K.: Die Fehlinterpretation des Nibiru. Magazin 2000plus, 2009, Nr. 272, S. 38 – 41

Deistung, K.: Irrtümer der Wissenschaft. Magazin 2000plus, Nr. 247, 12/2007, S. 66 - 82

Deistung, K.: Halbgötter und Göttersöhne. Magazin 2000plus, Alte Kulturen, Nr. 1/233, 2006, S. 30 – 33

Deistung, K.: Wir haben die Erdscheibe noch nicht überwunden! Magazin 2000plus, Nr. 184 6/2003, S. 44–47

Deistung, K.: Der Roton - Fliegen wie zu biblischen Zeiten. Magazin 2000plus, Spezial 9/167 2001, S. 77

Andere Medien

Deistung, K.: Neptun reicht neuerdings schon! Leserbrief vom 17.12.2006 http://www.astronomie-heute.de/artikel/860428&_z=798889

Deistung, K.: Wikipedia: Diskussion Transpluto. Ein 10. Planet heißt seit Jahrtausenden Nibiru! http://de.wikipedia.org/wiki/Diskussion:Transpluto

Global Scaling

Müller, H.: Die Melodie der Schöpfung. raum&zeit 129/2004 S.70 - 76

Herrig, D.: Von Global Scaling zu Cosmic Contruction. Lehrmaterial, Wismar Oktober 2006

Obst, F. A.: Freie Energie - Global Scaling. http://www.rainforest-newsletter.de/public/infopodium/umwelt/alternative/neueEnergie/main_neu_01.htm

Kreationismus

Urban, M.: Mach mir den Affen! Beitrag SZ vom 15.07.2007

Mack, G.: Wie entstand die Welt wirklich? GEO Magazin 02/2001 http://www.geo.de/GEO/kultur/gesellschaft/289.html

Kramer, St.: Wer den Wind säht. Film http://www.filmkunstkinos.de/archiv/werd59k.html

ARD: Wider Darwin - Kreationisten & Co. BR-online, Wissen, Stand: 16.01.2009

http://www.br-online.de/wissen/forschung/charles-darwin-DID1188598662/charles-darwin-darwin-intelligent-design-ID661188598660.xml

Dawkins; R.: Die Schöpfungslüge. Ullstein, Berlin 2010

Polsprung

Wikipedia: Erdmagnetfeld - http://de.wikipedia.org/wiki/Erdmagnetfeld

Huber, J.: Fachreferat: Das Erdmagnetfeld. April 2001 http://www.fostech.musin.de/fos-erdmagnetfeld/index.htm

Pole Shift in 2003 Date. - http://www.zetatalk.com/index/psdate.htm

Menschwerdung

Sitchin, Z.: Das verschollene Buch Enki. Kopp, Rottenburg 2007

Afrika - Wiege der Menschheit. WDR-Zyklus zum Darwinjahr 2009 http://www.planet-wissen.de/politik_geschichte/urzeit/afrika_wiege_der_menschheit/index.jsp

Bräuer, G.: Der Ursprung lag in Afrika. Spektrum der Wissenschaft 3/2003, S. 38 – 46

Fischer, L.: Urmenschen - Beinahe-Aus nach Trennung - Spektrogramm vom 28.04.2008 http://www.spektrum.de/artikel/951468&_z=798888

Mondentstehung

Hahn, H.-M.: Zu viele Krater auf der falschen Seite des Mondes. FAZ-Artikel 30.01.2009
http://www.faz.net/s/Rub6E2D1F09C983403B8EC7549AB44FA0EF/Doc~E3 E130EAC6AE946F9954E42E3636DE361~ATpl~Ecommon~Scontent.html

Deistung, K.: Streitobjekt Mondentstehung. Mondbuch-Kalender 2008. Argo-Verlag, Marktoberdorf 2007

Deistung, K.: Mondentstehung. Matrix 3000, 11/12/2006, S. 38 - 42

Zaun, H.: Sonde stürzt gezielt auf den Mond. Welt.de Artikel vom 01.09.2006 http://www.welt.de/wissenschaft/article149624/Sonde_stuerzt_gezielt_auf_den_ Mond.html

Deiters, St.: Modell erklärt Entstehung aus Einschlag. astronews.com 21.08.2001 http://astronews.com/news/artikel/2001/08/0108-022.shtml

WELT.de/AP: „Entstehungstheorien zum Mond müssen neu diskutiert werden" Beitrag vom 05.09.06 http://www.welt.de/wissenschaft/article150387/ Entstehungstheorien_zum_Mond_muessen_neu_diskutiert_werden.html

MONDENTSTEHUNG: Das Schicksal der zweiten Erde. Redaktion astronews. com vom 15. 10. 2001 http://astronews.com/news/artikel/2001/10/0110-010. shtml

Sonnensystem allgemein

Heinrich, Ch.: Ein Knall im All. SZ, Beitrag vom 25.06.2008
http://www.sueddeutsche.de/wissen/857/446593/text/

Paul, G.: Der Irrläufer aus dem Asteroidengürtel. FAZ.NET, Artikel vom 04.03.2009 http://www.faz.net/s/Rub6E2D1F09C983403B8EC7549AB- 44FA0EF/Doc~EDA48EA91C7B84C57ACD443AB04D45E4B~ATpl~Ecom mon~Scontent.html

mp: **Saturnringe** viel älter als gedacht? Beitrag vom 14.02.2007
http://www.astronomie-heute.de/artikel/914741&_z=798889

»**Stardust**« überrascht Forscher. spektrumdirekt/AH vom 14.03.06

Wikipedia: **Kuipergürtel** - http://de.wikipedia.org/wiki/Kuiperg%C3%BCrtel
Wikipedia: **Oortsche Wolke** - http://de.wikipedia.org/wiki/Oortsche_Wolke

UFO's
Shostak, S.: Der Tag, an dem die Erde stillsteht. Astronomie Heute 5/2006, S. 24 – 28

Deistung, K.: „Kontakt"-Nachlese: Roswell took place! Leserbrief vom 28.12.2006 http://www.astronomie-heute.de/artikel/861383&_z=798889

Deistung, K.: Unbekanntes oder bekanntes Flugobjekt. Magazin 2000plus, Spezial 19/2010, Nr. 282, S. 30 – 33

Faber-Kaiser, A.: Heilige oder Kosmonauten? Ullstein 1997

ARD: Abenteuer Wildnis. Die Kräfte der Natur: 1. Eis und Feuer. 16.10.2000. C WDR 2000

Deistung, K.: Das selbstleuchtende orangene Flugobjekt. Magazin 2000plus, Ufo´s und Kornkreise, Spezial 15/260 2008, S. 54 - 55

Oldenburg, St.: UFOs entstehen im Hirn. Blog ab 22.10.2008
http://www.kosmologs.de/kosmo/blog/clear-skies/science-fiction/2008-10-22/ufos-entstehen-im-hirn

Oldenburg, St.: Venus und Uranus. KOSMOlogs vom 29.01.2009
http://www.kosmologs.de/kosmo/blog/clear-skies/aktuelles/2009-01-22/venus-und-uranus

Fiebag, P.; Eenboom, A.; Belting, P.: Flugzeuge der Pharaonen. Kopp, Rottenburg 2004

Blume, M.: ...Waren die Außerirdischen schon da? Die Faszination des Paläo-SETI. Blog CronoLogs ab 21. März 2010

http://www.chronologs.de/chrono/blog/natur-des-glaubens/ufo-glauben/2010-03-21/waren-die-au-erirdischen-schon-da-die-faszination-des-pal-o-seti/page/3#comments

Biblische Ereignisse
Bührke, Th.: Die Mär vom Stern von Bethlehem.
bild der wissenschaft, 12/2000, S. 52 – 55
Pitman, W.; Ryan, W.: Sintflut. Ein Rätsel wird entschlüsselt, G. Lübbe, 1999

Universum

Pössel, M.: **Sternentstehung** mit höchster Effizienz. Magazin-Kurzbericht vom 13.02.2009

http://www.astronomie-heute.de/artikel/980529&_z=798889

AP: Sternexplosion bildet den Keim für neue Planeten. Welt.de vom 07.04.2006 http://www.welt.de/data/2006/04/07/870714.html

Krome, Th.: Geburtsschrei des Weltalls. spektrumdirekt Beitrag vom 21.12.2003 http://www.wissenschaft-online.de/page/fe_seiten?article_id=696220

Grüner, A.; Plading, W.: Mondchronologie. http://www.mondatlas.de/chronologie/mondchronologie.html

Leben im All

Dreissigacker, O.: Unglücksboten als Lebensspender. Bericht vom 03.08.2009 http://www.wissenschaft-online.de/artikel/1003836&_z=859070

Baumann, A.: Lebensbausteine aus dem All. Spektrogramm vom 18.08.2009 http://www.spektrum.de/artikel/1005073&_z=79888 8

Bärtier oc: Dieses Tier kann tagelang im Weltraum überleben. Welt.de Beitrag vom 08.09.2008

http://www.welt.de/wissenschaft/weltraum/article2413232/Dieses-Tier-kann-tagelang-im-Weltraum-ueberleben.html

Zaun, H.: Professor Dr. Harald Lesch im Gespräch. http://www.astronomie.de/bibliothek/interview/lesch/lesch.htm

Koszudowski, St.; Wingerter, Th.: Nachrichten aus dem Kosmos: Interview mit Harald Lesch. AH 5/2006, S. 29 – 30

Herrmann, D. B.: Besiedelt die Menschheit das Weltall?
Urania, Leipzig Jena Berlin 1981

Lesch, H.: Was ist Terraforming? BRa, a-centauri. Sendung vom 17.07.2001

Blume, M.: Die Erde eine Scheibe - lehrte die Kirche das je? http://www.chronologs.de/chrono/blog/natur-des-glaubens/vorurteile/2008-11-15/die-erde-eine-scheibe-lehrte-die-kirche-das-je/page/2#comments

Deistung, K.: Hallo Irdische, in „Menschen aus dem All und ins All geschickt" http://www.kosmologs.de/kosmo/blog/uhura-uraniae/erlebnis-astronomie/2009-04-07/menschen-aus-dem-all-und-ins-all-geschickt

Erklärung

Alle Bilder, Tafeln und Fotos zum Buch Himmelsschlacht sind vom Argo-Verlag und vom Autor erstellt und erabeitet.

Klaus Deistung	Wismar 11.04.2010

Conrad E. Terburg

Geosophie

Mensch und Erde in kosmischen Kraftfeldern

Hardcover · ca. 300 Seiten
EUR 24,00 (D) · EUR 24,70 (A) · CHF 37,95
ISBN: 978-3-937987-85-9

Ist Landschaft Götterwerk?
Dieses Buch enthüllt die verborgene Bedeutung von
Landschaftsformen und Orten der Kraft und führt weit
über die landläufige Geomantie hinaus.

Der Autor erläutert komplexe Strukturen voller Geheimnisse:
Riesige Sternbilder, die auf der Erde markiert sind, Kornkreise oder
Landschafts-Pentagramme, deren esoterische Hintergründe und
vieles mehr.

Anhand verschiedener Beispiele, wie der mystischen Wewelsburg oder
der Sonnenstadt Karlsruhe, zeigt er Zusammenhänge zwischen
der okkulten Planung von Landschaften und Bauwerken und den
esoterischen Aspekten ihrer Geschichte. Siebengebirge und Wester-
wald, Kassel und das Weserbergland, Hannover, der Harz, Bran-
denburg oder Berchtesgaden sind einige der Stationen in dieser
spektakulären Landschafts-analyse, wie es sie in dieser Form noch
nicht gegeben hat. So entsteht ein ganz neues Bild der Entwicklung von Erde und Mensch mit einem völlig anderen Konzept, als
es die derzeitigen Wissenschaften bieten.

Ein ausführliches Literaturverzeichnis vermittelt dem Leser Impulse
zur eigenen Weiterforschung.

Bestellen Sie im Internet: www.magazin2000plus.de

Hugo Ruoss

UFOs, Prophezeiungen, Licht- und andere Phänomene

Hardcover, durchgehend farbig
19,90 (D) • e 20,50 (A) • 31,50 (CHF)
ISBN: 978-3-937987-34-7

Das Buch vermittelt die feste Überzeugung des Autors bezüglich der Frage Evolution oder Kreation, der viel diskutierten Frage, woher kommen wir, wer hat uns erschaffen und wie ist das Universum entstanden?
Es berichtet über Dimensionsebenen und Seinsbereiche. Sind wir allein im Universum? Finden wir etwas in der Bibel zu diesem Thema? Waren sie schon lange hier und sind sie wieder bei uns, diese hoch entwickelten Ausserirdischen, unsere kosmischen Brüder aus dem All? Ihre Botschaften und Warnungen an uns Menschen auf diesem schönen Planeten Erde sind eindringlich!

Deshalb hat der Autor sich entschlossen, sie in diesem Buch auszugsweise zusammenzufassen. Viele stammen aus den 50er, 60er und 80er Jahren. Was ist mit den Geheimprojekten? Sind in geheimen Forschungslabors bereits die Energieprobleme gelöst worden und lassen uns diese Mächte unsere Umwelt weiterhin verschmutzen mit unseren nicht erneuerbaren Energiesystemen? Sind bereits in den USA UFO's nachgebaut worden? Sind die Prophezeiungen, wie sie in der Bibel beschrieben sind, vor 2000 Jahren abgeschlossen, was viele Christen behaupten?

Wir erfahren einen Auszug von dringlichen Botschaften an begnadete Seher/Seherinnen an Erscheinungsorten aus den letzten Jahren.

Sie lesen von UFO-Sichtungen weltweit und in der Schweiz. Bemerkenswert sind die Fotos einer UFO-Flotte von 9 Mutterschiffen in der Südtürkei vom Juni 1989 kurz vor dem Zusammenbruch des Sowjetkommunismus.

Ein Buch, das viele Fragen beantwortet.

Bestellen Sie im Internet: www.magazin2000plus.de